U0933926

小眼睛的小学生

薛忆沩 著

人民文学出版社
PEOPLE'S LITERATURE PUBLISHING HOUSE

图书在版编目（CIP）数据

小眼睛的小学生 / 薛忆沩著. -- 北京 : 人民文学出版社, 2025. -- (我们小时候). -- ISBN 978-7-02-019435-3

Ⅰ. I267

中国国家版本馆 CIP 数据核字第 2025E5E452 号

责任编辑　卜艳冰　何炜宏
装帧设计　汪佳诗　钱　珺

出版发行　人民文学出版社
社　　址　北京市朝内大街166号
邮政编码　100705

印　　刷　山东临沂新华印刷物流集团有限责任公司
经　　销　全国新华书店等

字　　数　98千字
开　　本　890毫米×1240毫米　1/32
印　　张　8.125
版　　次　2025年8月北京第1版
印　　次　2025年8月第1次印刷

书　　号　978-7-02-019435-3
定　　价　55.00元

如有印装质量问题，请与本社图书销售中心调换。电话：010-65233595

编者的话

大作家与小读者

“我们小时候……”长辈对孩子如是说。接下去，他们会说他们小时候没有什么，他们小时候不敢怎样，他们小时候还能看见什么，他们小时候梦想什么……翻开这套书，如同翻看一本本珍贵的童年老照片。老照片已经泛黄，或者折了角，每一张照片讲述一个故事，折射一个时代。

很少人会记得小时候读过的那些应景课文，但是课本里大作家的往事回忆深藏在我们脑海的某一个角落里。朱自清父亲的背影、鲁迅童年的伙伴闰土、冰心的那盏小桔灯……这些形象因久远而模糊，但是永不磨灭。我们就此认识了一位作家，走进他们的世界，学着从生活平淡的细节中捕捉永恒的瞬间，然后也许会步入文学的殿堂。

王安忆说："历史是胜利者的历史，记忆也是，谁的记忆谁有发言权，谁让是我来记忆这一切呢？那些沙砾似的小孩子，他们的形状只得湮灭在大人物的阴影之下了。可他们还是摇曳着气流，在某种程度上，修改与描画着他人记忆的图景。"如果王安忆没有弄堂里的童年，忽视了"那些沙砾似的小孩子"，就可能没有《长恨歌》这部上海的记忆，我们的文学史上或许就少了一部上海史诗。儿时用心灵观察、体验到的一切可以受用一生。如苏童所言"童年的记忆非常遥远却又非常清晰"。普鲁斯特小时候在姨妈家吃的玛德莱娜小甜点的味道打开了他记忆的闸门，由此产生了三千多页的长篇巨著《追寻逝去的时光》。苏童因为对儿时空气中飘浮的"那种樟脑丸的气味"和雨点落在青瓦上"清脆的铃铛般的敲击声"记忆犹新，因为对苏州百年老街上店铺柜台里外的各色人等怀有温情，他日后的“香椿树街”系列才有声有色。汤圆、蚕豆、当甘蔗啃的玉米秸……儿时可怜的零食留给毕飞宇的却是分享的滋味，江南草房子和大地的气息更一路伴随他的写作生涯。迟子建恋恋不忘儿时夏日晚饭时的袅袅蚊烟，“为那股亲切而熟悉的气息的远去而深深地怅惘着”，她的作品中常常飘浮着一缕缕怀旧的氤氲。

什么样的童年是美好的？生长于上世纪六十年代、七十年代动乱时期的中国父母们很难回答这个问题。他们中的大多数人没有团花似锦的童年。“在漫长的童年时光里，我不记得童话、糖果、游戏和来自大人的溺爱，我记得的是清苦，记得一盏十五瓦的暗淡的灯泡照耀着我们的家，潮湿的未浇水泥的砖地，简陋的散发着霉味的家具……”苏童的童年印象很多人并不陌生。但是清贫和孤寂不等于心灵贫乏和空虚，不等于没有情趣。儿童时代最温馨的记忆是玩过什么。那个时代玩具几乎是奢侈品，娱乐几乎等同于奢靡。但是大自然能给孩子们提供很多玩耍的场所和玩物。毕飞宇和小伙伴们不定期地举行“桑树会议”，每个屁孩在一棵桑树上找到自己的枝头坐下颤悠着，做出他们的“重大决策”；辫子姐姐的宝贝玩具是蚕宝宝的“大卧房”，半夜开灯看着盒子里“厚厚一层绒布上一些小小的生命在动，细细的，像一段段没有光泽的白棉线。我蹲在那里，看蚕宝宝吃桑叶。好几条伸直了身体，对准一张叶子发动‘进攻’，叶子边有趣地一点点凹进去，弯成一道波浪形”。那份甜蜜赛过今天女孩子们抱着芭比娃娃过家家。

最热闹的大概要数画家黄永玉一家了，用他女儿黑妮的话说，“我们家好比一艘载着动物的诺亚方舟，由妈妈把舵。跟妈妈一起过日子的不光是爸爸和后来添的我们俩，还分期、分段捎带着小猫大白、荷兰猪土彼得、麻鸭无事忙、小鸡玛瑙、金花鼠米米、喜鹊喳喳、猫黄老闷儿、猴伊沃、猫菲菲、变色龙克莱玛、狗基诺和绿毛龟六绒”，这家人竟然还从森林里带回家一只小黑熊。这艘大船的掌舵人张梅溪女士让我们见识了上世纪五十年代的小兴安岭，带我们走进森林动物世界。

物质匮乏意味着等待、期盼。比如等着吃到一块点心，梦想得到一个玩具，盼着看一场电影。哀莫大于心死，祈望虽然难耐，却不会使人麻木。渴望中的孩子听觉、嗅觉、视觉和心灵会更敏感。“我的童年是在等待中度过的，我的少年也是在等待中度过的……一次又一次的失望让我拥有了无与伦比的忍受力。我的早熟一定与我的等待和失望有关。在等待的过程中，你内心的内容在疯狂地生长。每一天你都是空虚的，但每一天你都不空虚。”毕飞宇在这样的期待中成长，他一年四季观望着大地变幻着的色彩，贪婪地吸吮着大地的气息，倾听着“泥土在开裂，庄稼在抽穗，流水在浇灌”。没有他少年时在无垠的田野上的守望，就不会有他日后《玉米》《平原》等乡村题材的杰作。

而童年留给迟子建的则是大自然的调色板。她画出了月光下白桦林的静谧、北极光令人战栗的壮美，还有秋霜染过的山峦……她笔下那些背靠绚丽的五花山“弯腰弓背溜土豆”的孩子，让人想起米勒的《拾穗者》。莫奈的一池睡莲虚无缥缈，如诗如乐，凡·高的向日葵激情四射，如奔腾的火焰……可哪个画家又能画出迟子建笔下炊烟的灵性？“炊烟是房屋升起的云朵，是劈柴化成的幽魂。它们经过了火光的历练，又钻过了一段漆黑的烟道，一旦从烟囱中脱颖而出，就带着股超凡脱俗的气质，宁静、纯洁、轻盈、缥缈。天空无云，它们就是空中的云朵；而有云的日子，它们就是云的长裙下飘逸着的流苏。”

所以，毕飞宇说：“如果你的启蒙老师是大自然，你的一生都将幸运。”

作家们没有美化自己的童年，没有渲染贫困，更不是“为赋新词强说愁”，而是从童年记忆中汲取养分，把童年时的心灵感受述诸笔端。

如今我们用数码相机、iPad、智能手机不假思索地拍下每一道风景、每一个瞬间、每一个表情、每一个角落、每一道佳肴，然后轻轻一点，很豪爽地把很多图像扔进垃圾桶。我们的记忆在泛滥，在掉价。几十年后，小读者的孩子看我们的时代，不用瞪着一张发黄的老照片发呆，遥想当年，他们有太多的色彩斑斓的影像资料，他们要做的是拨开扑朔迷离的光影，筛选记忆。可是，今天的小读者更要靠父辈的叙述了解他们的过去。其实，精湛的文本胜过图片，因为你可以知道照片背后的故事。

我们希望，少年读者读了这套书可以对父辈说："我知道，你们小时候……"我们希望父母们翻看这套书则可以重温自己的童年，唤醒记忆深处残存的儿时梦想。

我们期待更多的作家加入进来，为了小读者，激活你们的童年记忆。

童年印象，吉光片羽，隽永而清新。

陈　丰

目　录

引　言　1

一年级上学期（1971 年春季学期）　5

一年级下学期（1971 年秋季学期）　25

二年级上学期（1972 年春季学期）　48

二年级下学期（1972 年秋季学期）　67

三年级上学期（1973 年春季学期）　90

三年级下学期（1973 年秋季学期）　113

四年级上学期（1974 年春季学期）　137

四年级下学期（1974 年秋季学期）　158

五年级上学期（1975 年春季学期） 178

五年级下学期（1975 年秋季学期） 198

六年级上学期（1976 年春季学期） 218

尾　声 240

献给

七十年代的童年

以及

从它心灵的窗口前晃过的

所有身影

引　言

我外婆出身于湖南省宁乡县一个典型的封建家庭，也出嫁到湖南省宁乡县一个典型的封建家庭，而纯真的天性却让她对封建思想好像有天然的免疫力。这在生育的问题上表现得尤为突出。与大多数同龄人不同，我外婆对生男生女（说得粗俗一点就是对新生儿的下半身吧）从来都不是特别在意。她自己生育了五个孩子，前两个是女儿，后三个是儿子。她对他们或许有性格上的偏爱，却绝对没有性别上的歧视。不过在生育问题上，我外婆还是有一个困扰了她大半辈子的“结”。因为这个“结”，新生儿上半身的一个特殊部位自然就成为我外婆关注的焦点。具体地说，每次经历完分娩之痛，这位精疲力竭的产妇都会急不可耐地去查看新生儿的眼睛，看眼皮是单还是双，也就是看眼睛是小还是大。我外婆的这个“结”应该是在她自己婚礼的当天落下的。那是1931年深秋里的一天。那一天，年仅十六岁的新娘身穿着大红色的旗袍忐忑不安地走进了自己的新房。她知道与自己同龄的新郎还只是一个初中生，还正在为来年要报考省城里的哪一所高中而局促。这不是我外婆担心的事情。她也知道他们的婚配虽然在经济上可以说是门当户对，新郎家的文化氛围却与自己的娘家相去甚远。这也不是我外婆担心的事情。我外婆担心的是新郎家最显露的“隐性基因”。在头盖被掀开的一刹那，那最显露的隐性基因果然令新娘美丽又羞涩的大眼睛如同遭受了电击。

根据遗传学的理论，决定单眼皮的是隐性基因，因此单眼皮出现的概率只有由显性基因决定的双眼皮出现概率的三分之一。这严谨又积极的科学理论本应该足以解开我外婆的“结”，可惜它却一直没有机会与我外婆漫长的生活实际取得直接的联系。她最大的孩子出生于 1934 年 11 月，最小的孩子出生于 1950 年 3 月。在这长达将近十六年的遗传过程中，我外婆每次分娩之后急不可耐地查看到的结果始终恒定不变。我相信这揪心的“永恒”在每次分娩之后都要将我外婆做母亲的喜悦至少打一个八五折。

五个孩子都没有能够像自己那样漂亮地打开心灵的窗口，这并没有让我外婆彻底绝望。她开始寄希望于下一代。而五个孩子好像都十分心疼为“结”所困的母亲，选择的解药也都完全对症。以大女婿为例，他不仅是双眼皮、大眼睛，还因为生长于黄河岸边，长年以粗粮为主食，体格健壮、身材高大，在五十年代的南方城市长沙可以称得上是“美男子”。不幸的是，心疼和对症并没有带来预期的效果。从下一代 1959 年 1 月的首次曝光到下一代 1982 年 9 月的最后亮相，我外婆又经历了八次幻想和八次幻灭。我估计这新一轮的全军覆没最后也会将我外婆人生的乐趣至少打一个八五折。

我外婆一直活到了2012年的秋天，也就是九十七岁生日的前夕。她出生在桂花飘香的季节，也在桂花飘香的季节离去。这首尾飘香的呼应足见她对“美”的向往有多么地执着，又是多么地天然。在她生命的最后那四年多时间里，我勾画她平凡人生的随笔《外婆的“长恨歌”》（2008年5月7日《深圳特区报》首发并被《随笔》和《读者》杂志转载）吸引了不少的读者。不过在其中，我并没有提及我外婆对遗传的“长恨”，那从1934年11月开始，绵延了七十多年的“长恨”。此时此刻，我突然意识到，那“没有提及”并不是我自己的疏忽，而是上天的设计。换句话说，它是承接天意的伏笔。因为这个伏笔，我才可能（也必然）在《外婆的“长恨歌”》问世将近十七年后开始和完成现在的这个故事，这个以“小眼睛的小学生”为主角又以“大革命的大时代”为背景的故事，这个“以小见大”的故事。

一年级上学期（1971年春季学期）

我至今也不知道为什么1971年小学的入学时间会突然从秋季提前到春季。那时候，史无前例的"文化大革命"正处于由盛而衰的转折点，日常生活的秩序也开始趋向平缓和稳定，为什么教育战线上还会出现如此重大的改变？在我的记忆中，"换季"的决定是1971年元旦前不久才公布的。它给我母亲出了一个大难题！因为我出生于1964年4月，而长沙市小学入学有"实足年龄七岁"的硬性规定。入学时间提前到春季学期就意味着我将失去在1971年接受启蒙教育的资格。这是我在人生道路上第一次遭遇的“生不逢时”(如果提早四十天出生，我就能够恰逢其时!)。从我出生之后的那个秋天开始，我们家一直处于离散状态。我母亲带着我和姐姐住在位于长沙市北区的周南中学（当时名为长沙第四中学）美丽的校园里，只有周末才带我们去位于南郊的湖南林业学校（现名为中南林业科技大学）与我父亲团聚。因此，我和姐姐的生活一直都是由我母亲主理。更何况在我五岁半的时候，之前属于小小“当权派”的父亲已经沦为“走资派”，被发配去了位于衡东县草市镇洣河北岸的省直机关“五七”干校，我母亲实际上已经可以算是拉扯着两个孩子的单身母亲。1971 年小学入学时间的提前的确给她出了一个大难题：她显然无法在省会城市跨越政策的红线，而她又不愿儿子的启蒙教育被推迟一年。

她想到了自己在宁乡县当小学教师的妹妹，决定采取游击战术，将我送到那里去入学。小地方的小学校对入学年龄的规定果然没有那么硬性。更凑巧的是，在1971年的春季学期，我的姨正好被学校安排教一年级的语文并兼班主任。这不正是为我搭建的一座启蒙教育的近水楼台吗？我母亲的权宜之计因此似乎更像是我自己的命中注定。于是，我在1971年的春季学期顺利跨进义务教育的门槛，成为宁乡县城关镇城东小学第三十班的学生，也开始了自己最早的“留学”生活。现在想来，我母亲的权宜之计有得有失。所得是显性的：我得以在1971年接受启蒙，成全了她的愿望，也避免了我的荒废。而隐性的所失对一个未来的作家来说或许也应该算是一种所得：一个已经远离父亲的男童又不得不远离母亲和姐姐，远离自己熟悉的街道和方言，远离自己花园式的家园……尽管这“远”只有五十公里之远，尽管这“离”只是一个学期之离，它却必然会在那个男童敏感的心灵上留下复杂的痕迹。半个多世纪之后，那个男童变成了一个作家，而“生活在别处”却依然是他日常的生活：难道人生道路上的第一次远离果真是命中注定？！

从遗传学上说，这的确是与小眼睛同源的命中注定，因为宁乡不是“别处”，而是我母亲的故乡。我母亲出生于斯，成长于斯，启蒙于斯……直到1946年秋天，也就是将近十二岁的时候，她才离开故乡去省会长沙，就读于由曾宝荪女士（曾国藩曾孙女）创办和管理的“艺芳”（民国时期长沙市的一所著名女校）。而就在我出生的那一年，我外公响应“精兵简政”的号召，从沈阳铸造厂退职，最后带着妻儿也回到了祖居地。他们长年居住的那间茅草屋位于当时的历经铺人民公社立新大队第四生产队，距离城关镇大约五公里远。在远离母亲和姐姐的那个学期里，我多次利用节假日随我的姨和两位表哥穿过一座座村庄和一片片农田去看望外公外婆（当时外公已经被错误地戴上“地主”帽子，茅草屋里外的气氛其实都有点压抑，但是三个顽童还是足以煽起不少的欢声笑语）。这种经验无疑也是我“留学”宁乡的重要所得，因为其一，当年练就的“童子功”让我到了耳顺之年仍然将“五公里”视为无需以车代步的标准距离；其二，当年进出的那间茅草屋最后实现了艺术的升华，成为我于2020年3月杀青的长篇小说《“李尔王”与1979》里的主要场景。

而宁乡对我不是“别处”的最强证据其实已经显示在我自己的名字里。这动宾结构的名字是我外婆给我取的。我外婆有令人羡慕的记忆力，在九十五岁的时候还能一字不漏地背诵出《长恨歌》等许多古典诗文。将与文学关系最为密切的动词选放在我名字的正中，说明在1964年4月，尽管再一次遭受第二代“窗口”的羞辱，我外婆却并没有对那窗口所代表的“心灵”失去期盼和激情。而她为这个动词选择的宾语更是让母系的血脉成为我终生携带的标记。这个标记既与山相应，又与水相合，因此也就对终生携带它的主体提出了仁智双修的苛求。那山位于宁乡县的西部。就像童谣里说的那样，那山上有一座庙，庙里有一个老和尚和一个小和尚，有一天，老和尚对小和尚说……名叫灵佑的老和尚在沩山说的话后来被名叫慧寂的小和尚带到位于宜春的仰山。于是，沩仰宗成为禅宗的五宗之一（有意思的是，尽管我从未涉足沩山，却于2014年年底因为参加《百花洲》杂志的笔会而有机会进仰山拜谒）。而那水就发源于那山，因此与那山同名。它自西向东，辗转将近一百五十公里，穿过宁乡全境，最后从长沙望城（雷锋的故乡）汇入湘江。在宁乡县城关镇的街头，我名字里那个罕见的汉字可以说是“抬头不见低头见”。它的无处不在对我的“窗口”和“心灵”都是强烈的冲击。我隐隐约约地意识到自己只是那些窄小街道上的匆匆过客，自己的“忆”不管多么牢固也终将随着肉身一起腐朽，而那山那水却……借用短篇小说《驿站》（那是根据第一次去我外婆的故乡西冲山拜访的经历写成的作品）里那个忧郁少年的说法……那山那水却“会比他‘活’得更久，甚至可能永远都不会从世界上消失”。

因为我姨爹在距离县城将近二十公里的煤炭坝

矿区工作，只有节假日才有可能回城关镇来，我的新家其实也如同一个单亲家庭。这个单亲家庭里已经有两个原产的男孩，其中大的只有十岁，小的只有八岁，这时突然又进口一个老三，这在正常的情况下就已经很不容易，而当时的情况极不正常：作为“剥削阶级家的臭小姐”，我的姨在极左的狂飙中曾经有被押解回祖居地、与自己的“四类分子”父母同台批斗的痛苦经历。承担起给老三启蒙的责任的那一个学期里，她事实上仍然生活在痛苦的记忆和恐怖的担忧之中，每天过得都可以说是提心吊胆。而在当时，我这个性情敏感又观察敏锐的孩子对启蒙老师的特殊处境却并没有觉察。或者说我是被她活泼的天性蒙蔽了吧。在课堂内的师和课堂外的姨给我的印象都是快乐、幽默、随和（我一直觉得她在性格上很像我外婆）。湖南有一句关于小男孩的老话，说“七岁八岁狗都嫌”。而在那一段时间里，我的姨只有两次对“狗都嫌”的姨侄伢子（湖南女性对自己姐妹所生男孩的称呼）失去耐心。

当然两次都是因为我自己的错。一次只是小错，生活上的错：有一天在洗脚的时候，我不好好坐在板凳上，而是在板凳上又叠起两只板凳，就像是准备表演一段杂技。没有想到，刚坐上去就人仰马翻，当然脚盆也底朝天，热水也溅一地……另一次则是大错，政治上的错。这需要留到稍后细说。（顺便说一句，当时八岁的小表兄就是后来因创办广州博尔赫斯书店、传播法国现代文学和推动中国现代艺术而著称的陈侗。不过他当时的名字响亮许多，而且富有浓厚的时代特色，当时他叫“陈向阳”。）

我这个“狗都嫌”的男孩在学习上却从来都不需要人操心，这对我的姨当然是一份不小的安慰和一种切实的减负。我仍然保存着小学阶段几乎每个学期的通知书。本学期通知书的成绩栏里除“写字”一项的期终考试是95分之外，其余各科的期中考试、期末考试以及平时考试的成绩都是100分。而通知书评语部分的优点一段这样写道：“能认真学习毛主席著作，听毛主席的话，为革命刻苦学习，成绩优异。参加各项班级政治活动积极热情，工作大胆、负责，并能关心、帮助同学。四好初评中被评为五好学生。”这里面“工作大胆、负责”的说法当然说明我在接受启蒙的那个学期就已经在担任班干部。我知道自己后来一直到初中阶段都“官运亨通”，而对这么早的起步却已经没有任何记忆，就像我完全不记得与最后那一句相关的背景一样，为什么“四好初评”最后被评出的却是“五好学生”？而我现在还忍不住开心地想：如果担任班干部是一种“好处”，“剥削阶级家的臭小姐”其实完全可以因此被加戴一顶“以权谋私”的新帽子。

那时候每次拿到通知书，我总是急着去看关于缺点的一段，尽管明明知道其中的许多都是无视儿童天性的套话。这大概与我外婆总是急着去查看自己新生儿孙的眼睛类似，是一种心理的病态。而本学期的缺点一段这样写道：“今后要力戒骄傲，克服急躁情绪，严格要求自己，虚心接受意见，才能使自己不断进步，真正成为革命的接班人。”如此的评语当然又可以作为反证，证明我的启蒙老师是如何地铁面无私。这记录在人生道路上的第一段批评的确是非常客观，因为半个多世纪之后，“骄傲”“急躁”“不严格要求自己”和“不虚心接受意见”仍然都是经常被人贴在这位启蒙老师姨侄伢子身上的标签。

“又红又专”直到七十年代的中后期都还是备受争议（争议的焦点当然是“专”是否有资格与“红”平起平坐或者平分秋色）的提法，因此文化课的学习对当时的小学生绝对不是主旋律，从学生、学校到家长，没有任何一方对学习成绩会特别在意。用现在的话说，当时的小学生都可以是在“玩中学”。这其实应该算是歪打正着，因为与儿童心理学的规律正相吻合。因此，“减负”不会成为任何一方的口头禅；因此，“抑郁”不会成为祖国花朵的常见病。不过，要真能够同时既玩得开心又学得上瘾，还真是需要一定的才华。那个“狗都嫌”的男孩碰巧就具备两种特殊的才华：一是背诵“老三篇”，一是表演“样板戏”。前者的水平高到了能够被推举站在学校大礼堂的台上向全校师生背诵的程度。后者的水平高到了能够在日常生活里即兴入戏或者说是假戏真做的程度。

最适合背诵的当然是《为人民服务》：“因为我们是为人民服务的，所以，我们如果有缺点，就不怕别人批评指出。不管是什么人，谁向我们指出都行。只要你说得对，我们就改正。”我并没有意识到这一段话其实正好可以紧密联系我个人的实际（参见前面的学期鉴定），而只将它当成纯粹的革命理论和逻辑，因此背诵起来也义正辞严并趾高气扬，没有任何的心理障碍，就如同背诵“我们都是来自五湖四海，为了一个共同的革命目标，走到一起来了”。这些语句呈现的格局和境界怎么能不对一个敏感的幼小灵魂产生深远的影响？！

而对我影响最大的当然还是《纪念白求恩》：“白求恩同志是加拿大共产党员，五十多岁了，为了帮助中国的抗日战争，受加拿大和美国共产党的派遣，不远万里，来到中国。”如此的叙述让我对“万里”之遥充满了想象。“一个外国人，毫无利己的动机，把中国人民的解放事业当成他自己的事业，这是什么精神？这是国际主义精神，这是共产主义精神，每一个中国共产党员都要学习这种精神。”如此的总结让我对“国际主义”充满了敬佩。“白求恩同志毫不利己专门利人的精神，表现在他对工作的极端的负责任，对同志对人民的极端的热忱。”如此的概括让我对“极端”充满了向往。“一个人能量有大小，但只要有这点精神，就是一个高尚的人，一个纯粹的人，一个有道德的人，一个脱离了低级趣味的人，一个有益于人民的人。”如此的肯定让我对做“人”充满了激情。

背诵“老三篇”对背诵者眼睛的大小没有严格要求，我能够取巧，而表演“样板戏”则完全不同，我休想投机。不要说出演“浑身是胆雄赳赳”的李玉和和“甘洒热血写春秋”的杨子荣等等必须浓眉大眼的英雄人物，其实就是那感叹“老子的队伍才开张”的胡传魁和那惊呼“脸红什么？”接着“怎么又黄了？”的座山雕等等主要的反面人物，大眼睛也似乎是必要条件，因为它更容易暴露出反动派的凶残、狠毒以及愚钝。主要人物上台之后通常都有亮相的动作。想想看，如果让我来亮相，等待前额下方顿开两扇明窗的观众却只看到两条细缝，那不仅是艺术上的失败，也是政治上的失误啊。因此，小眼睛成为我这个“样板戏”迷星光大道上的瓶颈。如果我想登台表演，能够选择的角色只有王连举或者群众甲之类。

不过我在台下的表演不受限制，从质朴的“提篮小卖”到欢快的“穿林海跨雪原”，任我尽情展示，随我自由发挥。当然最令我着迷的还是具有复调特征的《智斗》：三个人物轮番上阵，三副面孔钩心斗角，三种声音各显神通……那真是一场生活的大戏啊。我当然看不出全部的门道，比如其中的两个坏人不是一个姓胡一个姓刁吗，怎么阿庆嫂竟会有“他们到底是姓蒋还是姓汪”的疑惑？我既着迷“这小刁”，也喜欢“这草包”，当然同时也崇拜能够如此机智地应对敌人那最后紧逼的阿庆嫂：

垒起七星灶，铜壶煮三江。
摆开八仙桌，招待十六方。
来的都是客，全凭嘴一张。
相逢开口笑，过后不思量。
人一走，茶就凉，
啊……啊……
有什么周详不周详。

这是眼花缭乱的数字游戏，又是扑朔迷离的文字游戏。而更重要的是，这是谁都能够辨认的弥天大谎，听起来却又句句不假，都是（或者说都像是）通接地气的大实话！如此的“言不由衷”大概就是它让我百听不厌也百唱不厌的原因吧。“样板戏”里如此机智的唱词和台词还有不少，它们让我在启蒙的阶段就领略了语言能够以假乱真的魅力。

而这也是能够让人走火入魔的魅力。我随和的姨第二次对我失去耐心就是因为我一次即兴的入魔。那一天晚餐的时候，当突然嚼到米饭里的沙粒时，我竟立刻入戏，摇身一变为《红灯记》“粥棚脱险”一场里的群众甲。“呸！呸！”我首先夸张地将嘴里的饭和沙吐到桌上，接着感情饱满地念白：“这是什么世道？！”话音刚落，一个大巴掌就落在了我的脸上。我立刻被从严肃的戏剧打入了残酷的现实。看着“剥削阶级家的臭小姐”气急败坏的表情，我没有像前一次因为“杂耍”而挨打的时候那样感觉委屈，因为我已经意识到自己犯下了大错，不可饶恕的大错：《红灯记》里的“这”指的是那万恶的旧社会，而我刚说出的“这”指的不就是“这”吗？！

那一段生活里的许多细节在我的生命中留下了深刻的痕迹。比如我们四口人居住的房间（也就是我当时的家）就在教室的后方，跨出家门就是教室，因此我永远也不会有迟到的担心。又比如教室的外面就是大片的菜地，充满田园的气息。这些后来都被我当成《遗弃》里表姐所在的乡村小学的原型。还有就是学校里有像模像样的防空洞，也举行过一两次防空演习。那无疑是《遗弃》和《白求恩的孩子们》里那些防空洞的源头。还特别值得一提的是，我姨爹的妹妹在县人民印刷厂工作，家也就安在工厂的后面。我经常和表哥去那里“玩耍”（这其实是一个文字游戏，因为长沙话只说“玩”，而宁乡话只说“耍”），每次也都需要从车间穿过。望着四处码放的纸张书本，闻着八方飘散的油墨浓香，摸着神秘莫测的字模，盯着千篇一律的压印……我总是有一种特别的感动。那种感动如果交给弗洛伊德去解析，大概会被他当成文学人生的原始冲动吧。

我已经不记得是不是我母亲送我去宁乡启蒙的，也不记得在与她分手的一刻，我是否有过依依不舍的感觉。不过，我清楚地记得启蒙结束之后，是我母亲的一位表妹去将我接回长沙的。那时候还没有湘江大桥，在河西的荣湾镇下长途汽车之后，要乘轮船横渡湘江进城。我也还清楚地记得，坐上城里的公共汽车之后，我并没有回家的喜悦，却只有一个小镇男孩来到大城市的好奇、惶惑和羞涩。半个多世纪过去了，我从来没有觉得母亲安排她的表妹去接我有什么不妥，但是此时此刻，我突然意识到自己那位表姨是1956年春天出生的，也就是说当时才刚满十五岁。为此，我忍不住拨通我母亲的电话，调侃说“铁链女”这类事有可能在1971年夏天就出现在神州大地上，而且还会搭上一个“铁链童”。刚刚成为“九零后”的母亲已经不记得这个细节。不过她为自己辩护说，那个年代，十五岁的女孩已经是大人了，让她辗转去外地接回一个七岁的男孩并没有什么不妥。这马上就让我想到《红灯记》里李玉和的著名唱词“穷人的孩子早当家”。这当然也说明哪怕是在“十年动乱”的高潮，中国社会其实是相当的安全。就拿小学生的上学和放学来说吧，那时候有谁听说过家长接送的事?！上学都是自己去，放学也顶多是排着路队回，也许一边还唱着《我爱北京天安门》或者《学习雷锋好榜样》，而那住得最远的孩子最后的一段路程还是只能独自完成。

周南中学正门进去就是至今依然保存完好的李觉公馆，那既是学校的办公室，又是我们的游乐场，因为我们就住在位于它北侧五米开外处那一排坐北朝南的平房里。平房一共分成八个单间，供学校八个有孩子的中年教师家庭居住，因此大家戏称它为“八家湾”。我们家是从东起的第六户。各家做饭和用餐都在过道上。公用厕所在大约五十米之外，通过一条民国风格的长廊与平房西端相连。那一排平房事实上也是学校东北角的边界。因此各家房间里北面的墙外就是街道，就是“社会”。通过墙壁上方那个用带细孔的铁皮封住的小窗口，我们从早到晚都能够听到行人的寒暄、商贩的叫卖和街坊的争吵……因为有完整又老派的长廊与学校的其他部分相连，我相信“八家湾”那一排平房并非临时搭建，而是原来与公馆配套的专用设施，比如工具库或者用人房之类。

回到自己的家，面对母亲和姐姐，我当然非常激动，但是同时又相当紧张。从我一直没有开口说话就可以知道这一点。晚餐的时候，我在自己熟悉的小圆桌边坐下，母亲坐在我的右侧，姐姐坐在我的对面。我吃得很开心。我尤其喜欢吃母亲特意留给我的寒菌：油炸过后密封保存的寒菌，那黑油油的寒菌。所以在添饭后，当母亲问我要什么菜，我就指着盛寒菌的碗说要那“黑东西”。而我是用地道的宁乡口音说出的那三个字！宁乡方言与长沙方言里有许多字的发音都比较接近，这三字的发音却相去甚远。我的这种“自然流露”让姐姐大笑不止，也让母亲乐不可支。

那是我有生以来第一次因为口音而惹人发笑。但是那并没有像随后半个多世纪里因为说普通话、说广东话以及说英语和法语的时候而遭人嘲笑那样令我感觉难堪和异化。这也许是因为我在“留学”期间习得的口音不仅是我母系血脉之本，还是与我名字相符之实。这也许是因为我完全不必为新学期和新学校的语境担心：因为在接下来的暑假里，在自己学生阶段的第一个暑假里，我肯定将会与“八家湾”的孩子们重新追追打打和争争吵吵，很快就会通过那对我既新又旧的习得完成口音的“去宁乡化”。果然，远在新学期开始之前，沩山沩水就已经淡出我的唇齿和舌腭，变成了摇摆在名与实之间的记忆……总之，我又变成了一个地道的长沙伢子。

一年级下学期（1971年秋季学期）

其实我从来都不能算是一个地道的长沙伢子，哪怕将我在宁乡的启蒙忽略不计。在短篇小说《故乡》的开头，我曾经对何谓“故乡”大发议论。一个对许多人理所当然的话题为什么会变成我的一个问题？这恐怕要追究到与我最为相关的三次出生：第一，我父亲不是出生于长沙。他的祖居地是河南禹县。十七岁那一年，他才随同中国人民解放军第四野战军的总部南下来到自己的第二故乡。大家戏称他的口音为“南腔北调”，这其实差不多应该算是一种夸奖，因为他的语言能力很差，一辈子下来，既没有能够完全守住北调（比如从他嘴里已经听不到那经典的“中”了），也没有基本掌握南腔（比如经他亲口介绍的话，自己的配偶就是姓“汤”而不是姓“唐”）；第二，我母亲也不是出生于长沙。她在第二故乡的生活始于初中阶段，也就是她满十二岁的前夕。按照西方语言学的理论，那也已经是儿童语言习得的收尾阶段。大概正因为如此，将近八十年过去了，她应该说是相当标准的长沙话里偶然还是会露出些许宁乡方言的尾巴；第三，我自己也不是出生于长沙。我父亲于1961年调任湖南省林业学校。当时，学校已经响应党中央“教育革命”的指示迁往郴州资兴林区。为了家庭团聚，我母亲也于1962年秋季离开自己工作过九年的长郡中学（当时名为长沙第二中学），成为湖南林业学校的教师。1964年4月，我在资兴煤矿矿区医院出生，三个月后才随同湖南省林业学校迁回长沙。我母亲一直就很不情愿在自己丈夫担任领导的单位工作。回到长沙之后，她马上找到市教育部门的负责人，希望重新回到自己原属的系统。她不仅当场就被接纳，还被给予挑选的机会。她做出的选择让我得以在长沙市最“自然”又最“历史”的中学校园（杨开慧和丁玲等人的母校）里度过自己的童年。不管对当时的儿子还是对未来的作家，这无疑都是最正确的选择。

既然写到父母的出生，就索性再离题半里。其实最让我在儿童时代感觉难堪的并不是母系的祖迹（“小眼睛”），而是父系的祖籍。因为当时只要一见到乞丐，大人小孩就都会马上联想到“河南”。换句话说，在当时的长沙，“叫花子”（乞丐）就是河南人的代名词。其他一些抹黑河南人的说法也很流行，比如说河南人一辈子只洗三个澡：出生后洗一个，结婚时洗一个，下葬前洗一个。如果这些说法只是没有根据的社会偏见，我外婆的河南叙事就完全是亲身经历了：在我出生之前，我的老爷爷和爷爷怀着对传宗接代的热望不远千里从河南老家赶来。而在我出生之后，尽管再次遭受“小眼睛”的羞辱，一贯反感重男轻女的外婆也不忘幽那河南父子一默。她装着失落的样子报告说自己的女儿这一次生的又是女儿（外婆的幽默让我一出生就变成了假新闻，不知道这与我后来文学道路的坎坷是否有必然的联系）。河南父子显然是大失所望，不过他们故作镇定，异口同声说："闺女儿也中。闺女儿也中。"而在眼见为"实"之后，父子俩立刻原形毕露：他们一个出钱一个出力，一大筐鸡蛋很快就出现在产妇的身旁。他们知道产妇的营养必须保证才不会亏待将为他们传宗接代的男儿……河南人思想的封建并不是外婆叙事的亮点。亮点是他们身上的衣服。刚到的那一天，他们有可能是被我父亲逼着换下来的衣服不仅气味难闻，而且夹带虱子，急得我外婆马上要用一大盆滚开水来对它们进行热处理。我相信外婆叙事的真实性，因为她的语气流畅又善意，毫无自己的女儿嫁错了人家的悔意。总之，有很长一段时间，我无法接受自己是半个河南人的事实。在填表的时候，每次面对"籍贯"一栏，我都会犹豫再三，是填“湖南长沙”，还是“河南禹县”？前者是我生活于其中的地方，我熟悉它的大街小巷，而对后者，除了我父亲的口音，我再无其他的感知。一直到中学毕业的时候，我的“籍贯恐惧症”才完全治愈。接着建立起来的是“籍贯好奇心”和“籍贯自信心”。与父亲一样，我也在十七岁那年开始人生的远行。不过与父亲南下入湘相反，我是北上进京。我记得，1981年8月，当我乘坐的列车在晨曦中驶过黄河的时候，我感觉那就如同自己的成人礼。后来……当然就要谈到《左传》了。每次读到其中生僻的地名，我都会通过注释或者字典去定位。而一次又一次，结果通常都是“在今河南省某某处”。这不断的重复很快又让我染上了“籍贯优越感”。

好了，还是回到1971年盛夏的长沙来吧。“留学”宁乡的一个学期里，我日常的玩伴局限于两位表哥。回到“八家湾”，玩伴的数量不仅激增，玩伴的性别也有了分别（而且是几乎均等的分别），这当然是更有利于儿童身心健康的生态环境。“八家湾”不要说各家各户的炉灶都设在人来人往的过道上，就连公共厕所，除了有男女之分，里面也不再设立另外的隔板，确保透明和公开。玩伴们也是名副其实的“抬头不见低头见”。最开心的是乘凉的时候，家家户户都将竹板架在平房与公馆之间那大约五米宽的空地上，大大小小都凑在一起数星星、扯闲谈、说笑话、讲故事，包括那循环往复的“从前有一座山，山上有一座庙，庙里有一个老和尚和一个小和尚，有一天老和尚对小和尚说从前有一座山……”。

事实上，除了“留学”宁乡的那一段时间，我儿童时代的玩伴里“水”做的骨肉多于“泥”做的骨肉。这主要还不是因为“八家湾”的特殊生态，而是因为我姐姐的特殊天性。我曾经在一篇文章里称我姐姐与我是“包括性别在内的一切方面的对立物”。这涵盖一切的说法没有半点夸大。不过在那个时候，这两个对立物仍然处于统一的状态：我明明是一条“龙”，却总是像跟屁虫一样跟在她这头“牛”的身后，而她似乎也从来都不反感这摆脱不掉的“龙尾”。重要的是，就像我父亲一样，我姐姐也是一头天生的“社牛”：她有事没事都往住在附近街道上的那些同学家里跑，从来都没有消停的时候。她的天性将“姐姐”变成了我日常生活里的复数。有一次，我与“姐姐们”一起跳完房子又跳皮筋，玩得正开心的时候，我突然说：“我要变妹子，我要扎辫子。”我的表白惹得“姐姐们”都做鬼脸羞我。而我意向明确，立场坚定，接着又说：“我要变妹子，我要穿裙子。”现在回想起这两个语句，我多少会有点得意，因为首先它们多少可以算得上是诗句，其次它们完全可能是男主人公在红楼一梦里吐出的真言，总之具有较高的文学价值，不妨算是我的“处女作”。不过再细一想，我又会感觉到一阵后怕，因为在今天的西方，暴露出这种意向和立场的孩子马上就会被忽悠去做心理咨询，接着就会被忽悠去做变性手术……等到自己醒过神来的时候，除了大骂一句“这是什么世道！”，还有什么别的选项呢？！

当时中国的城市居民可以按住处简单地区分为两个基本的种类：一是住在大院里的，也就是国家干部及国营企业工人和他们的家属；一是住在大院外的，也就是普通的市民。在当时的长沙，前者对后者有一种略带轻蔑色彩的说法，说他们是住“门牌号”的。具体地说，如果一个住大院的年轻人娶了或者嫁给一个住“门牌号”的年轻人就会被视为是违背了社会上默认的规范。而事实上，“门牌号”里的生活同样是一个时代的大百科全书里不可或缺的部分。能够有两次机会接触到那不可或缺的部分不仅是我人生道路上的幸运，也是我文学事业上的幸运。第一次是开始在幼儿园全托之前，我曾经被母亲送到位于周南中学校门以北大约一百五十米处的一个“门牌号”里去日托。那是一户非常好的人家。女主人是一位既能干又善良的家庭妇女。她也是一个寡妇，不过她家的墙上并没有悬挂丈夫的遗像。我叫她“向五娭毑”，那么“向”应该就是她的夫姓，“五”不得其解，而“娭毑”就是奶奶的意思，也泛指一般的老年女性。向五娭毑三个已经成年的孩子（两女一男）都很有教养，也都非常喜欢我，还曾经带我到长沙最大的公园（烈士公园）游玩，并在那里拍下我最早的一组“生活照”。向五娭毑有一个姐姐与她同住，大家称她为“王娭毑”。她不仅是一个寡妇，而且孩子们也都在外地工作。两姐妹的住房是木质结构的，式样用现在的说法就是“复式”：厨房和王娭毑的房间在下面。向五娭毑和她的孩子们住在上面。从宁乡“留学”回来之后，我再次成为那个“门牌号”里的常客。这种常态更因为一次意外的发现而变成固态：有一天，我在向五娭毑儿子的房间里意外发现了一个纸箱，里面装满了“文革”前出版的书籍，其中的一半是连环画（包括一些根据我从没有看过的老电影制成的连环画）。

另一个机会当然就是姐姐带给我的。与她要好的那些同学也大多住在附近的“门牌号”里。作为跟屁虫，我在那些式样各异的木质结构建筑里频繁进出，反复翻看着时代的百科全书里那些最不起眼的页面。我最喜欢去的是周南中学正门对面那一户姓“谢”的人家，因为他们常年都接一些小商品回来加工以补贴家用，每次走进去就好像走进了一间生机勃勃的手工作坊，感觉总是十分新奇。我们是无价的劳动力，每次去那里自然都能够享受一通手工劳动的快乐。做得最多的手工是将生蚕豆的头部在固定于桌面上的刀片刃口上呈九十度角地按压两下。经过我们如此加工过的生蚕豆再送回食品厂油炸，就将变成长沙的著名特产“兰花豆”；而最令我感觉压抑的是位于工人文化宫旁边（周南中学正门往北走大约六十米处）那条街上姓“吴”的那一户人家。他们家有三个漂亮的女儿。老三是我姐姐一直到进高中之前最好的朋友（我们搬离周南中学之后她还曾多次到我们家来小住）。三个漂亮女儿的母亲是织布厂的工人，看得出来，她的青春也肯定如花似玉。让我感觉压抑的当然不是这些“水”做的骨肉，而是她们家里那个唯一的男人，那个沉默寡言的男人。三个女儿都叫他“爸爸”。但是，我第一次看到他就感觉他不属于那个家，或者说就感觉他“名不副实”。这实在不是一个七岁的孩子应该有的感觉。而我这种奇怪的感觉很快就得到了证实：原来那个男人果然只是那三个漂亮姐姐的叔叔。现在想来，他应该是一个很好的人，在兄长亡故之后能够帮助嫂嫂养育三个女儿，支撑一个家庭……可是在那个时候和那种年龄，我只将他当成一个“僭越者”。很多年之后，在工厂的俱乐部看着奥利弗主演的《哈姆雷特》，我突然又想到了那个中国的平民家庭。从那以后，我对自己儿童时代的那种奇怪感觉当然也就不再感觉奇怪了。

回到长沙之后，我再也没有登台背诵过“老三篇”。现在想来，这大概说明我在宁乡“留学”期间的出色不过就是印证了“山中无老虎”的那句老话。然而在日常生活中，我的背诵并未间断，三篇中的名句经常会脱口而出，与实际紧密相联。比如当母亲将两个鸭梨摆放在我和姐姐面前并且让我先挑的时候，我总是会拿起较小的那个。眼巴巴地看着姐姐将较大的那个送到了嘴边，我会言不由衷地背出“毫不利己专门利人”，也不知那是在自夸还是在自嘲。而“老三篇”对我内心冲击最大的还是它对“死亡”的态度，那种充满英雄主义和浪漫主义的革命态度。《为人民服务》和《纪念白求恩》两篇都可以说就是悼词，里面涉及“死亡”的语句当然很多，比如：“人总是要死的，但死的意义有不同。中国古时候有个文学家叫做司马迁的说过：‘人固有一死，或重于泰山，或轻如鸿毛。’”比如：“要奋斗就会有牺牲，死人的事是经常发生的。但是我们想到人民的利益，想到大多数人民的痛苦，我们为人民而死，就是死得其所。”比如：“白求恩同志……去年春上到延安，后来到五台山工作，不幸以身殉职。”比如：“对于他的死，我是很悲痛的。”等等。甚至不是专门针对死亡的《愚公移山》

也有如此视死如归的语句："有个老头子名叫智叟的看了发笑，说是你们这样子未免太愚蠢了，你们父子数人要挖掉这样两座大山是完全不可能的。愚公回答说，我死了以后有我的儿子，儿子死了，又有孙子，子子孙孙是没有穷尽的。"尤其值得一提的是《为人民服务》结尾的那一段："今后在我们的队伍里，不管死了谁……我们都要给他送葬，开追悼会。"我就是从这样一个平实的语句里第一次听到"追悼会"这个让我的听觉感到刺痛的词的：它带给我很多的想象，它带给我很多的疑惑，它带给我很多的惆怅。

没有想到，这些关于死亡的语句同样会与我的实际生活发生紧密的联系，而且是在一段相距很短的时间，而且是用两种相差很大的方式：一种是高得难以置信的方式，一种近得难以接受的方式。

首先要说十月里的那个上午。那一天我们学校因"故"停课，我母亲也去了市里面一个神秘的地方，参加"重要会议"。将近中午的时候，我应该是刚从向五娭驰家出来，正沿着北正街往回走。像平常一样，我也是一边走，一边读。那一天我读的是关于英雄戴碧蓉的连环画。走到粮店门口的时候，我正好读到连环画的最后一页。突然，我听到跟前有一个声音在叫我。抬头一看，原来是班上坐在我身后的那个瘦高的女生（现在还隐约记得她的名字里有一个“芝”字）。她一眼就看到了我手里的连环画最后一页上“副统帅”在天安门城楼接见戴碧蓉的场面，指着他说：“你怎么还看这样的书?！他现在已经是坏人了。”她的话如同晴天霹雳！我盯着书看一下，又盯着她看了一下，不知道她怎么会这么说或者她怎么敢这么说。“你妈妈今天是不是参加重要会议去了?”她接着说，“等她回来你就什么都知道了。”我惊恐万状地跑回到家里，焦躁不安地等着母亲回来……母亲刚一进门，我和我的问题就一起缠住了她。“是的，”她说，“他想叛国投敌，坐飞机逃往苏联，结果摔死在蒙古。”然后，她带着我去食堂打饭。与平常不同，她表情严峻，步频飞快。与平常不同，我感觉手里那只镔铁锅（长沙方言）重得有点端不稳，也感觉自己的脚步有点迈不动。我踉踉跄跄地跟在好像完全忘记了我的存在的母亲身边，头脑里翻腾着很多的想象，很多的疑惑，很多的惆怅。

接着要说的是近得难以接受的方式：它出现于1972年1月29日的夜晚（半个多世纪之后，这个夜晚又帮助我将“故乡人”系列小说锁定于《“国脚”》）。那已经是寒假的第三天，那也是我学生生涯里的第一个寒假。睡下好长一段时间之后，突然从远处传来传达室老师傅叫我母亲去接电话的声音。有谁会在那么晚来电话？接电话回来，我母亲的眼眶已经湿润。她说电话是比我仅大六岁的表舅打来的。她说她首先听到的是那个十三岁孩子的哭声。她说他的父亲已经去世。她说她过两天要去参加我姑姥爷的“追悼会”。那是我第一次听到这个词被用在日常生活里。那也是我第一次听到这个词被用于自己的亲人，而且还是一位和蔼可亲的亲人。父亲去“干校”之后，几乎每个周末，母亲都会带我和姐姐乘坐2路公共汽车从北到南穿过长沙市区，到雅礼中学（当时名为长沙第五中学），看望住在那里的姑姥姥和姑姥爷（与周南和长郡一样，二十世纪初由耶鲁同学会创办的雅礼中学也是长沙的名校，知名校友包括金岳霖、厉以宁等）。与姑姥爷交往中令我记忆最深和对我影响最深的事件就发生在前一年夏天的一个傍晚。当姑姥爷假装堵在门口，满脸堆笑地逗着说不让我随母亲和姐姐一起回家的时候，我没有能够“克服急躁情绪”，不由分说朝他猛踢了一脚。我不知道自己是否真的踢到了姑姥爷。不过他马上做出疼痛难忍的样子，也马上就让开了路。这戏剧性的一幕让我满以为自己的自由是通过自己的斗争得来的……即将在日常生活中出现的“追悼会”本来已经出乎意料，没有想到母亲接着又会用更为出乎意料的方式回答我关于姑姥爷死因的提问。她提到了我与姑姥爷关系中戏剧性的一幕。她说就是我的那一脚猛踢导致姑姥爷突发重病和迅速离世。这显然是无稽之谈，而我立刻就信以为真（而且在随后的一段时间里也一直都信以为真），头脑里也随之翻腾起很多的想象，很多的疑惑，很多的惆怅。

那个学期通知书上的公章是“长沙市北区长征学校革命委员会”。语文的期中和期末考试成绩都是100分，算术的期中考试成绩是99分，期末考试成绩是100分。这当然是不需要再加评点的成绩。而学期鉴定里关于优点的第一段是：“你能认真学习毛主席著作，能上好文化课，上课能举手发言，作业能按时完成，学习成绩好，对工作负责，关心集体，能把自己的图书献排上。”这最后一句令我有点疑惑。当时学校使用军事的编制，将年级称为“连”，班级称为“排”，这没有什么疑问。但是，我从拥有第一本图书的时候开始就是一个嗜书如命的孩子，怎么可能会随便将自己的图书献出去呢？

而关于缺点的第二段这样写道：“但你要求自

己不严格，上课讲小话，做小动作，缺点总不能克服，头脑里有‘骄’‘娇’二气。希望你今后学习毛主席著作要理论联系实际，认真改造世界观，真正从思想上加入红小兵。”从这里可以知道，我当时已经加入红小兵，不过还没有“真正从思想上加入”罢了。而“‘骄’‘娇’二气”是当时很流行的标签，小学老师经常会将它贴到任何一个小学生的身上。我不太清楚自己有哪些“娇”气的表现，不过因为在前一个学期的鉴定里，在要求我“力戒骄傲”之后，我的启蒙老师马上就提醒我要“克服急躁情绪”，我想，“急躁情绪”或许就是“娇”气在我身上的变体吧。

这份通知书里最重要的其实是最后一页上关于放假日期的信息：我们的假期将从1972年1月27日开始。我早就已经在盼望着这个假期，不是因为它是我的第一个寒假，而是因为在这个假期里，母亲会带我和姐姐去“干校”看望父亲。大概是在十二月初的时候，我给父亲写过一封信，写了整整一页方格稿纸。那是我人生里写下的第一封信。不过，这第一封信是夹在母亲的信里寄给“收信人”的。隐隐约约还记得父亲在回信里表达了喜悦之情以及对我们将去“干校”过寒假的期盼。寒假第三天夜晚传来的噩耗影响了我的心情，却并没有影响我们的出行。

在襁褓之中从资兴回长沙当然是我第一次乘坐火车，而我对它却不可能有任何的记忆。因此，人生里第二次乘坐火车的经历就成为我记忆里的第一次。印象最深的是在接近终点的时候，有人指着窗外说远处是欧阳海的雕像。我没有看到雕像，但是我马上就联想到英雄奋不顾身将受惊的烈马推出铁轨的著名瞬间，肯定那就是雕像的原型。这种联想让我感觉非常神奇，因为那是我自己第一次乘坐火车，而那位英雄正好是用自己的生命保证了火车的安全。我们成长于英雄辈出的革命时代。我们那一代人儿童时代的英雄崇拜与现在孩子们的明星崇拜相比，应该有过之而无不及。

记得离开长沙的时候是大雪纷飞，而走出衡东车站，四周也已经被积雪环抱。时间应该并不是太晚，而天色已经全黑。母亲先带我们在车站附近的旅馆办好住宿手续，然后带我们在附近的一家饭铺吃了饭。从饭铺回来的路上，我们从当地的供销社门口经过。跟着母亲进去之后，我马上就注意到了右侧那个卖书的柜台，便跑过去凑近玻璃板打量起里面的连环画来。母亲问营业员要了她想买的东西之后，耐心地等在我的身旁。她知道我又想买连环画，我知道她又会同意我买连环画。最后，我挑了一本根据高玉宝的故事改编的《我要读书》。直到今天，我在每一次长途旅行的途中都会至少买一本书做留念。这不可或缺的节目就起源于那一次不算太长的长途旅行以及那一本直奔主题的《我要读书》。

第二天我们乘坐长途汽车抵达草市镇的时候也已经是傍晚。父亲在车站接到我们之后，带着我们穿过小镇古巷前往渡口。走在石板路上，我的小眼睛却一直注意着两旁人家的正厅，因为家家户户的正厅里都摆放着空棺材，最多有并排的三口。我以前从来没有看到过棺材，而且城市街上的宣传栏里经常贴出严禁土葬的通告，因此我不仅感觉自己走进的是一个诡异的地方，还感觉自己走进的是一个非法的场所……好在很快就下到了渡口。我们登上停泊在那里的小船，由父亲自己撑船横过洣河，然后再踏着很厚的积雪，朝父亲所在的“干校”营地走去。在我的记忆中，那是一段很长的路。而且直到最后站在一个高处看到营地的灯光之前，一路上都只有自然光的陪伴：星光、月光和雪的反光……走过那个高处之后，我完全忘记了一路上积累的疲劳，开始兴奋起来。这不仅仅是因为已经感到胜利在望，还因为已经看到雪地上那些奇怪的“花纹”。原来那也是足迹，就像我们留在雪地上的足迹一样。不过那是狗的足迹。父亲告诉我们，营地里有三条特别可爱的狗，一条叫“狮子”，一条叫“上尉”，另一条的名字我已经记不起来。他说它们很快就会成为我们的朋友。我当然非常兴奋。有生以来第一次有机会交上“狗友”，这是我第一次“干校”之行的重大收获。

整个营地都在等待我们的到来，或者不如说是在等待我的到来?！因为晚餐之后将是我的“样板戏”专场。晚餐是否有菜或者有什么菜，我都已经没有任何记忆，但是每人那一大砵蒸熟的米饭端上来的样子依旧历历在目，因为它的上面加有一大勺显眼的猪油。父亲告诉我们，猪油是“干校”最宝贵的食物。因此，我们接受的就是最高规格的待遇。而我一看到那一大勺猪油就已经感觉反胃，怎么可能将它与米饭拌在一起咽下去？这大概可以算是“身”在福中不知福的例证吧。我看着母亲和姐姐的反应，知道自己并不是孤例，也就不再那么紧张和惶惑了。总之，我们最后都只是吃完了没有被猪油“污染”的那部分米饭。半个多世纪过去了，每次想起这个细节我都还是会感到一阵阵的隐痛，为那种特定的处境和那个特定的时代，也为所有的儿子和所有的父亲……

用餐时遭遇的内心冲突并没有妨碍我餐后的表演。我将“小眼睛”的局限忘得一干二净，演完李玉和又演杨子荣，我甚至也不再顾及性别的差异，唱罢李勇奇又唱李铁梅。我的舞台就是父亲的单人床。而父亲和他的那些“难友”拥挤着坐在四周的那些单人床上。得意之余，我突然有一种悲喜交加的感觉，感觉父亲的那些“难友”看到的并不是不断变换的角色，而是他们自己的孩子。换句话说，在那个带有浓厚历史色彩的夜晚，我已经变成面前所有那些远离自己孩子的观众的孩子。我的这种感觉很快就被一位观众的反馈证实，在两段表演的间隙，父亲的一位难友突然点赞说这孩子不仅信写得好，戏也演得好。我马上就意识到自己去年底写给父亲的那封信已经变成在他的难友们之间流传的“公开信”。也就是说，因为“干校”这一特定的历史产物，我在人生旅途中写下的第一封家书变成了为我赢得读者的第一篇作品。

二年级上学期（1972年春季学期）

在父亲众多的难友里，最让我感觉亲切和亲近的是“苏伯伯”。他与我父亲被编在同一个班级学习和劳动。他被指派当班长，而我父亲被指派为副班长。我觉得他亲切的一个原因，大概是他看上去像是比其他学员要年长一辈，如同一位长者，另一个原因则无疑是他举止优雅又笑容可掬。而我觉得他亲近的原因，应该是他与我有很多的交流，完全不像大家所说的省委领导，却像是一位知识分子，一位青年导师。而苏伯伯让我感觉亲切和亲近的另一个重要原因就是在我们到达之后大约一个星期吧，他的两个小女儿也来“干校”探亲了。苏伯伯叫她们“六毛”和“七毛”。我就顺势叫她们“六毛姐姐”和“七毛姐姐”。我不知道两位大姐姐的具体年龄，但是感觉连最小的“七毛姐姐”都应该比我大了六七岁吧。也就是说，她有可能与我父母的第一个孩子（那个只在这个世界上存在过一个月的女孩子）出生在相同的年份。与两位大姐姐的愉快相处无疑进一步拉近了我与她们让我感觉亲切和亲近的父亲之间的距离。“忘年交”在我的人生道路上曾经发生过也仍然在发生着巨大的影响。我在蒙特利尔最好的朋友之一就是我多次撰文介绍的克娜蒂娅，她出生于1922年3月，比苏伯伯小一岁半。我经常与这位已经一百零三岁却仍然健康又独立地生活的“老”朋友一起谈历史、说时事、唱民歌、做数独。我与苏伯伯并没有机会成为真正意义上的朋友：与他初识的时候，我自己的年纪太小，他也正处在自己人生的谷底，我们的交流不可能有丰富的精神内涵，而在他进入人生最辉煌（主政贵州）的阶段，我又正在自己人生的谷底徘徊，也没有机会做进一步的交流，但是在“干校”度过的那两个假期里与苏伯伯超近距离的接触，无疑为我人生道路上所有那些“忘年交”提供了原型：那种交往的根基一定是长者的智慧、平等与谦和，用更抽象的说法就是长者品性上的真、善、美吧。

与苏伯伯两个女儿愉快相处的根基则是我们的第一次见面。具体地说，是第一次见面的时候，我表演的一种“行为艺术”。那是我关于自己与历史关系最为密切的那个寒假最鲜活的记忆。说那个寒假与历史的关系最为密切是因为：其一，我们的度假村是“干校”的营地，而“干校”当然是历史；其二，我们之所以能够去“干校”，是因为“林彪事件”之后出台了一些相对宽松的政策，而“林彪事件”当然更是历史。我们第一次见面的那天早上，我和姐姐以先到者的身份带苏伯伯的两个女儿在被积雪覆盖的营地里参观。很快我就炫耀起了自己的狗友，我相信两位大姐姐也很快会成为它们的朋友。为了凸显狗友的可爱，我特别兴奋地说起了它们撒尿的样子，我说跟我们人完全不同，它们撒尿的时候会将一只脚抬起来。意识到语言的描述不足以引起两位大姐姐的兴趣，我跑到前面，背对着她们朝右后方抬起自己的右脚，说："你们看啊，就是这样的。"我的"行为艺术"逗得两位大姐姐大笑不止。这即兴的表演不仅顿时就摧毁了一个能集众多光辉艺术形象于一身的儿童"早熟"的名声，在随后将近半个世纪的时间里也一直都令我自己感觉滑稽和难堪。直到有一天，直到《尤利西斯》成为我的必读书之后，我才为自己七岁时的"行为艺术"找到了正名的机会。在由"意识流"主导的第三章里，乔伊斯让一条狗朝生性怕狗的斯蒂芬跑过来。青年艺术家流转的意识马上聚焦于眼前的现实。他紧张地跟踪着狗的一举一动，包括它突然停下并抬起右后腿的那个举动。第一次读到这里，我激动得拍案而起。这不可以说是心有灵犀一"滴"通吗？真没有想到，现实的粗俗居然能够呼应现代的典雅！真没有想到，儿童的野趣居然能够直达大师的笔尖！

记忆的选择性总是令人感叹：为什么会清楚地记得这个，却完全不记得那个？从出发到抵达，第一次去“干校”的许多细节仍然历历在目，尽管半个多世纪已经过去：比如从衡东县城到草市镇的长途汽车轮胎上捆绑着的那些用来防滑的铁链，比如狗友们用利爪在“干校”为我们家庭团聚临时安排的房间门板上急切的挠动……而关于那一次从“干校”回长沙的记忆在草市镇洣河岸边下船之后的部分就几乎完全变成了空白。唯一的记忆是下船之后，我回望对岸，刚才一直送我们到船边的“上尉”现在站在了一个小土包上，正朝我们这边眺望（而脆弱的“狮子”刚看到洣河就已经绝望地转身离去）。随后的记忆就是一片空白。不，也许不应该说是一片空白，因为我还充满伤感地记得那本名为《我要读书》的连环画。在新学期最初的那些天里，我总是不会忘记将它放在书包里，一半是因为喜爱，一半是为了炫耀。但是有一天，班上另一个学习也很好的同学（我甚至还隐约记得他姓“盛”）说想借回家去读。我的条件是第二天要带回学校来还给我。他答应了我，我也就答应了他。但是从此，我就再也没有见到过那本书了。那是我一生之中第一次失去属于自己的书，而且是自己非常喜欢的书，而且是关于“读书”的书，而且是作为自己一生之中第一次长途旅行纪念的书……如此的丢失带给我被骗和受害的感觉。那是我人生之中第一次体验这种感觉。这种体验也许可以算是一个孩子进入和认识社会的一种标志吧。

接着又发生过两起同样能够激发类似感觉的意外事件。一次是有一天晚上从外面回来，母亲发现门上的锁已经不翼而飞。走进房间，她马上看到书桌正中的抽屉也已经被撬开。那是我经历过的首次入室盗窃。盗贼显然很有经验，因为书桌正中的抽屉相当于母亲的保险柜。好在母亲已经将刚拿到的工资存入了银行，抽屉里只有少量的现金，最大的损失是母亲积攒的那些全国粮票。没过多久，一些邻居也围拢到了我们的门口。我听着大家在过道上叽叽喳喳地议论，突然觉得被盗好像并不是可怕的事情，可怕的是别人知道你被盗或者说别人议论你被盗。不过同时我也想到另外的一点：盗贼很可能不会珍惜自己盗来的东西，比如他可能很快就会将那些全国粮票用掉，而那却是母亲好像永远都舍不得用掉的宝贝。这种多少与被骗和受害相关的想法后来被我写进了“深圳人”系列小说的《母亲》一篇。

与这一次不同，春天里遭遇的那一次不是偷盗，而是抢劫，而且那还是我自己单独经历的抢劫。那是物资匮乏的年代，因此一些时髦的个人物品，比如帽子，经常会成为抢劫的目标。九十年代初，我曾经在一本传教士写的十九世纪中国见闻里读到一段关于珠江里翻船场面的描述。作者惊叹事故发生后，人们不是忙着去救人，而是忙着去捞捕漂浮在河面上的帽子。与一百年后我经历的抢劫相比，如此的捞捕可以算是相当文明的行为。那一段时间，我常戴着一顶带檐的毛线帽（它好像还是母亲不久前托人从上海买回来的）。那是当时的大时髦，就像正宗的军帽一样。一天中午，我去向五娭毑家玩，正走到工人文化宫的门口，突然被人从身后冲上来蒙住了眼睛。我的第一反应是“八家湾”的一个玩伴在跟我开玩笑。接着，我试图掰开蒙住我眼睛的手。那手很快就松开了，而同时身后的那个人也跑开了，我的帽子也被狠狠地拽走了。我转过身去，以为会看到一个熟悉的面孔站在远处冲着我笑。而我看到的只是一个狂跑的背影：它刚好跑进了工人文化宫南侧的那条小巷……我犹豫了一下，还是继续朝向五娭毑家走去。但是，我的情绪变得极为躁动。首先我感觉自己非常可怜，居然在光天化日之下遭受这样的袭击，这样的羞辱。接着我又感觉我新帽子的新主人非常可怜。他为什么要用这样的方式得到自己想要的东西呢？他为什么不直接走到我面前，用威胁的口气向我要帽子或者用哀求的口气向我讨帽子呢？我胆子很小又富有同情心，两种情况下，他都会顺利得到自己想要的东西。为什么他一定要选用暴力和冒险的方式呢？

这种躁动的情绪已经与我那一段时间关于社会公平的朦胧体验和感受联系在一起。有意思的是，直接引发那种朦胧体验和感受的居然是我的两位近亲，而且他们与我的血缘关系还具备一定的对称性。首先要说的是我父亲的大弟弟。他的身高比自己哥哥的身高几乎低一个头，而他的眼睛却好像比自己哥哥的眼睛还要大。作为负责的长兄，我父亲在长沙安顿下来之后，陆续将他所有的四个弟弟都从农村带到了城市。他最大的弟弟跟在他身边读完中学就步他的后尘参了军。从部队复员之后，他首先在长沙落户，成为长沙机床厂的工人。那时候，每逢节假日，他就会来“八家湾”看望我们。那不是令我感觉愉快的看望，因为他太喜欢说话，而且他最喜欢在自己的侄儿和侄女面前说的还是他们最不喜欢听的那句话。“你们真是身（或者是生）在福中不知福！”每次看到我们，他总是要说这句话。不知道为什么，我第一次听到就觉得这是一句暴露出说话人智力低下的话。也大概就是因为这句被不断重复的话，我从小就经常觉得“亲戚”很无聊。什么叫“身在福中”？就以“八家湾”的其他孩子为例，他们的父亲每天都能回家，而我的父亲却在偏远的“干校”接受改造；还有他们的母亲随时都可以将他们的外公外婆接到身边来玩来住，而我的外公外婆却属于“四类分子”，根本就没有人身自由……不过，真正令我反感的并不是这前半句。我也知道我叔叔想强调的也并不是这前半句。他想强调的是我们“不知福”。他为什么要这么说？又为什么要反反复复地这么说？可惜我那时候还没有听说过《庄子》，否则我一定要模仿它的逻辑回敬我的这位叔叔说：你又不是我，怎么知道我“身在福中”，又怎么知道我“不知福”呢？！事实上，我不仅没有回敬过这位叔叔，还从他的陈词滥调（尤其是它的前半句）里获得了对社会不公的最初认识：

简单地说，并不是所有的人生来就有“福”。换句话说，人并不是生来都平等的。

与我父亲的大弟弟相比，我母亲的小弟弟则是另一个极端：每次来到我们家里，他总是低着头坐在书桌边的那张椅子上，一声不吭（用地道的长沙话说是“撬口不开”）。我现在当然知道，大叔叔的多话与小舅舅的寡言同样是自卑的表现。在《“李尔王”与1979》的创作过程中，我主刀过一个简单变性手术，因此我的小舅舅就成为作品主人公的小女儿“小桃”的原型。我的小舅舅在沈阳铸造厂的家属区长大，一直是品学兼优的孩子，还曾经官至学校少先队的大队长……可是，就在他刚上初中的那一年，他的父亲就响应“精兵简政”的号召，自动退职，带着妻儿几经周折，最终落户自己的原籍。他这个曾经在辽宁省沈阳市的公园里高唱着“让我们荡起双桨”的大队长因此也就摇身一变，变成了湖南省宁乡县历经铺人民公社立新大队第四生产队里的放牛娃。我相信语言肯定也是击垮小舅舅自信心和自尊心的重要因素。他从社会上“习得”的是带东北味的普通话，那是他自以为是和引以为傲的母语。而他最后赖以生存的却是他大概从来就瞧不起也一直都想逃避的宁乡方言：他父母和祖先的母语。难怪他一声不吭！难怪他撬口不开！那时候，每次挑着箩筐和带着方言来省城看望自己的大姐，小舅舅应该都能够强烈又痛苦地感受到著名的“三大差别”。而这“三大差别”肯定也是他六十年代中期从工业社会退回到农业社会、从大城市流落到小乡村以及从脑力劳动者（大队长）降格到体力劳动者（放牛娃）的时候强烈又痛苦的感受，不过这两种感受的方向正好相反。所以，我现在觉得小舅舅的沉默其实是他的呐喊，是他对命运的抗议。同时，那也应该是他对在自己身边叽叽喳喳（或者说“身在福中不知福”）的外甥和外甥女的一种谴责吧。小舅舅一直都认为自己的大姐对自己命运的逆转负有不可推卸的责任，并曾经与她就此发生争吵，甚至当着我们的面说出过希望类似的逆转也降临到她自己两个孩子身上之类的狠话。这当然早已经被证明是违背历史发展规律的“希望”。不过每次想起它，我还是对小舅舅的偏激和过激充满感激，因为它们进一步加深了我对社会不公的理解和同情。

这个学期通知书里记录的成绩也没有什么悬念：语文期中考试成绩是96分，期末考试成绩是99分；算术期中考试成绩是100分，期末是97分。有意思的是学期鉴定。在优点部分，班主任老师是这样写的：“基本上能上好每堂课，能做到举手发言，学习成绩好。个人卫生也做得好，学校的各项政治活动也能积极参加。”这开门见山的“基本上”显然是为缺点部分留下了伏笔，自然也很快将会揭晓。但是，为什么会提到“个人卫生”？我很好奇，却没有任何的头绪。那个年代除了轰轰烈烈的政治运动之外，也经常会突然发动一些与日常生活关系密切的群众运动，比如灭苍蝇、灭老鼠、灭蟑螂之类……难道当时一种类似民国后期“新生活运动”的社会动员也正在我们的城市里展开?

缺点部分果然澄清了“基本上”的疑惑，却又带来了一些新的疑惑：“但你不能自觉地遵守纪律，上课有时讲小话，玩东西，本期打架的次数也在上升，作业完成得不按时，希你严格要求自己，克服自由主义，向邱少云叔叔学习，做一个遵守纪律的模范。”在我自己的记忆里，温顺的表与怯弱的里一直是可以用来描述我童年时代的一种逻辑关系。没有想到，在期中的时候进入八岁的这个学期居然自己“打架的次数也在上升”。还有就是“作业完成得不按时”：我一直以为这是我在大学阶段才暴露的缺点，没有想到小学二年级上学期就已经首开纪录。整个这一段只有一个句号，可见班主任老师书写的迅速和记忆的清晰，也足以证明内容的真实，尽管这白纸黑字的真实无法得到我自己记忆的证实。

与上学期的通知书一样，放假的日期（7 月 27 日）也被标注出来。这同样是令我兴奋的标记，因为我和姐姐的暑假又将在“干校”度过。那一次是父亲一位回长沙来办事的难友带我们去的，母亲在长沙火车站将我们交给那位姓“姚”的伯伯就离开了。那是一次给我留下深刻印象的旅行，不仅因为看护我们的完全是一个陌生人，还因为这个陌生人一路上给我们讲了许多精彩的故事，其中最令我感觉神奇和震撼的是孙膑和庞涓的故事。在带领我们走进历史的同时，这个陌生人也没有忘记引导我们关注现实。他不时地提醒我们观赏沿途的风物，包括正在水田里劳动的农民和水牛以及我们已经两次错过的欧阳海雕像……而这一趟旅行还有一个更为现实的收获：抵达“干校”之后，我们才知道这位姚伯伯接受改造的场所是“干校”里的厨房，或者说他就是“干校”的“大厨”吧。我和这位“大厨”已经在旅途中通过不断减少“炉灶”的传奇（孙膑与庞涓的故事）建立起特殊的友谊。没有想到，这友谊接着真的会将我带到一座炉灶的面前，而且那是一座不可或缺的大炉灶。我经常会去厨房找姚伯伯，因为我喜欢踮着脚站在那大炉灶边欣赏“大锅饭”的制作过程，也因为我需要抢先向父亲和他的难友们通报，在半天的“劳动改造”之后他们将会得到怎样的“满足”。

夏天的“干校”的确是另一番风景。而夏天的父亲也有机会在儿子面前展示更多的生活技能和生产技能。比如在我们到达之后的第二天中午，父亲就带着我下涞河去游泳。同行的还有一位在当地下放又称我父亲为“师父”的知青（还隐约记得他姓“殷”）。当时的涞河清澈见底，底部是漂亮的细沙，在南方盛夏正午的烈日中浸泡其中的确是畅快无比的享受。那是我第一次跟随父亲去游泳。而在随后的很多年里，游泳将成为我们父子关系中的一条特殊纽带。我也清楚地记得父子两人的最后一次“共泳”恰好是在整整二十年之后的1992年夏天，在我们当时居住的深圳怡景花园的公共游泳池里。当时，我仍然没有掌握最基本的蛙泳要领。父亲从来就不是一个好教师。他好像从来没有想到过要将自己的生活技能和生产技能传授给自己的儿子，游泳也不例外。当然，他自己其实也纯粹是“狗爬式”出身，没有任何理论可以传授。不过，父亲善游泳也好游泳。浸泡在缓缓流动的河水里，欣赏着父亲与他的“徒弟”朝河道中央游去，我感觉到了南方盛夏的奇妙诗意。现在我自己都已经超过父亲与我最后一次共泳的年纪，而第一次与父亲一起下水的时候，我才八岁，他才四十岁……时光就像诗意的洣河一样流向了永远不可知的远方。

最近这些年里，经常重现的奇妙诗意总是在提醒我将来一定要写一部关于南方盛夏的作品。如果我真的写成了那部作品，读者一定能够从中读到父亲和他的难友们在烈日下盖楼房的场面：他们用砌刀将从小桶里挑起的水泥均匀地抹到红砖上，然后将红砖沿那根绷直的基准线放稳、敲定……看着砖墙一点一点地高起来，看着楼房一天一天地显出来，我经常会感觉他们那不是在接受改造，而是在创造奇迹；如果我真的写成了那部作品，读者也一定能够从中读到电影放映室内部的细节：有一天，父亲的一位难友带我去“干校”的总部。在那里的电影放映室里，电影放映员正在检查一盒电影胶片。他将放映机对着相隔大概只有十厘米的墙面，让映像投射在上面。我用指尖碰触着那只有连环画一半大小的活动画面，感觉十分魔幻。

如果我真的写成了那部作品，读者也一定能够从中读到我与苏伯伯的那一次神奇又神秘的独处：那也是一个正午。我听说苏伯伯生病了，正在宿舍里休息，就不安地从建筑工地赶回他所在的宿舍（在我和父亲住的那间宿舍的隔壁）。苏伯伯的床架得差不多有我的身体那么高又正对着宿舍的门，我一眼就看到了他冲着门口的光头。宿舍里再没有其他的人，四周也听不到任何的声音……我感到一阵恐惧，对死亡的恐惧。盯着苏伯伯闪着汗珠的光头犹豫了一阵之后，我蹑手蹑脚走到他直挺挺地躺着的身体旁边。苏伯伯胸部的均匀起伏当然迅速驱散了我对死亡的恐惧。但是接着涌上来的仍然是深深的伤感。这是因为我伤感地意识到我们仍然正处在不同的状态里：他在熟睡，而我在观看。换句话说，我知道他的存在，而他却不知道我的存在。再换句话说，这个神奇又神秘的时刻将只会成为我的记忆，而不会成为他的记忆……现在，距离我与苏伯伯那一次神奇又神秘的独处已经过去半个多世纪了。苏伯伯也已经在二十三年前（也就是我离开深圳大学那一年）的秋天离开这个世界。此时此刻，回望1972年盛夏里那个静无声息的正午，回望那之后三十年波澜壮阔的中国历史以及苏伯伯任重道远的劫后余生，我不得不像《希拉里、密和、我》的叙述者“我”那样发出对相遇的感叹：这到底是偶然还是必然？

二年级下学期（1972年秋季学期）

我已经不记得那一次母亲是什么时候来“干校”接我们以及她在“干校”住了多久等等。值得庆幸的是，选择性的记忆却没有将我第二次从“干校”回长沙的经历完全筛去。那是一次在我的生命里留下复杂心理印迹的旅程。首先要说的当然还是我的那些狗友，尤其是依依不舍的“上尉”。当我站在草市镇的码头回望对岸的时候，我知道那就是我们最后的面对了。然后要说的是一个身材矮胖的陌生中年男人。那时候，我们正与其他一些乘客在草市镇的一个路口等长途汽车。突然，我母亲需要上厕所。内有不少蹲坑的土砖茅草屋厕所位于我们身边那条窄路的另一端，它不仅没有男女之分，由三块烂木板拼成的厕所门板上也没有锁扣。好像是因为父亲提到了这一特色，母亲就让我（也有可能是我自告奋勇?）同行，去担负守门的光荣任务。我们穿过沿路三五成群的乘客，来到厕所门口。因为门板完全敞开，里面当然就是没人。我母亲进去后，将门板带上，并交代我守在门前。我不好意思昂首挺胸地“一夫当关”，左顾右盼之后，选择左侧离门大概有五米远处的那个拐角，畏畏缩缩地站在了那里。现在想来，这大概就类似足球守门员明知道球肯定会从中路劲射过来，却选择站在左门柱外侧思考扑救的办法。我刚站好就注意到了那个陌生中年男人：他急匆匆地小跑过来，显然是急需“劲射”。我立刻就意识到了自己的职责，却没有勇气大声叫停，只是希望自己能够抢先跑到门口。我落后了半步。那个陌生中年男人刚一推开门板，马上就大吃一惊，并且迅速转身，慌慌张张地跑开了，步伐比跑来的时候还急。而我跨出那半步之后，看到母亲已经站了起来，但是手里还正提着裤子：那显然不是她生理过程的自然结束而是受惊之后做出的本能反应。我痛恨自己没有能够尽责，又尴尬自己目睹母亲的尴尬。记忆中，母亲走出厕所之后没有责怪我。而我真的觉得自己让母亲丢了脸，也让自己丢了脸，痛恨自己首先是没有勇气站在门口，然后是没有勇气大喝叫停，一路都在责怪自己。更让我觉得难堪的是，走出一段之后，我看到那个陌生中年男人就坐在路边，与他的家人坐在一起。我猜想他们有可能也是正在等车。从他们旁边走过的时候，我不好意思看他，也不好意思被他看到。而我从余光里看到他也尴尬地低下了头，显然也不好意思看到我们和不好意思被我们看到。我现在意识到，他当时心理上正在遭受的痛苦有可能已经超过生理上正在遭受的折磨。这份尴尬还持续了更长的时间，因为那个陌生中年男人与他的家人最后与我们上了同一辆长途汽车，我一路上都不想看到他的后背又总是盯着他的后背。我相信，尽管他心灵的窗口对着前方，他的心灵却也是一直在关注着身后那个被他无意中冒犯的少妇和小童。直到汽车在终点站停稳之后，这持久的尴尬才淡出我的视野。

后来仍然是在读《尤利西斯》的时候，八岁那年经历的这一幕经常会回到我的眼前，因为那个陌生中年男人对那意外事件的反应与在都柏林街头游逛的小说主人公布鲁姆对一些尴尬生活细节的反应非常相似。而且我感觉他的体型和脸型也与我想象中的布鲁姆的体型和脸型非常相似。如果乔伊斯本人也有类似的亲历，我相信读者一定有机会在他那部“吃喝拉撒”无所不包的现代派杰作里看到它的再现或者升华。

另一个记忆特别清晰的细节就是我们在衡东站上的不是抵达长沙而是经过株洲的火车。这意味着我们要在株洲站中转，或者继续转乘火车，或者转乘长途汽车。这一段记忆甚至清晰到在株洲吃到的那种冰棍虽然与长沙的叫法相同，味道却有较大的差别，这让我觉得很有意思，大概又是因为涉及了“名”与“实”的关系吧。从株洲火车站下车之后，母亲决定转乘长途汽车回长沙。而火车站与长途汽车站之间有一小段距离。因此，株洲就成为了我一生中真正进入过（不是路过）的第二座“大”城市。这是偶然还是必然？这“进入”当时就令我兴奋不已，那大概是因为株洲是英雄戴碧蓉的家乡吧。而这“进入”现在仍令我感慨万千，这是因为大学毕业之后，我被分配到位于株洲南郊的南方动力机械公司工作。这是一个有点复杂的故事，因为我推迟到1986年春节之后才去报到上班，而在当年的夏天就经过艰苦的斗争而获得自由，回到了长沙（详情可参阅短文《我的“第一份工作”》）。总之，我八岁那年“偶然”路过的长途汽车站后来成为我二十二岁生日前后那充满焦虑的半年时间里每星期都“必然”经过至少一次的中转站。

我开始对地名产生兴趣，这应该也是第二次

“干校”之行的重大收获。它标志着那个小眼睛的小学生在“政治”之外又生出了一个新的兴趣点和兴奋点。一年级下学期开始的时候，母亲送给我一个三十二开大小的笔记本，大概是为了让我写日记或者做课外阅读的笔记吧。而我政治挂帅，首先用它的第一页逐行记下了中共党史上历次路线斗争的性质及其对象。而在之后那个深秋里的一个下午，与邻居家的同龄男孩在过道里的小圆桌上做作业的时候，我庄严地在笔记本第一页的最后添上了新的一行。那是我第一次感觉自己不仅仅是一个历史的记录者，还是一个历史的参与者。而再经过一个学期，那个小学生的小眼睛睁得更大了，他开始留意动听的地名！这应该说就是他对语言将持续终生的挚爱的最初表现吧。在那一次去“干校”的路上，列车开出长沙车站一段时间之后在一个叫“朱亭”的小站停了下来：我看着小站月台上的水泥站牌，觉得那是一个非常迷人的站名。而在回来的时候，在株洲市内横跨铁路的公路桥上，我远远看到了“田心”的标志，也感觉非常开心。还有一个与语言相关的生活细节也值得与读者分享。当时我有一个同班同学，就住在周南校门北侧那家照相馆的旁边，名字叫“王白石”。第一次看到这个名字，我就忍不住笑了起来，因为我首先马上就想到了“碧”字，接着我又想到了在《毛泽东选集》(《抗日游击战争的战略问题》) 里看到过的游击战术：这不就是“化整为零”的完美例证吗?!

总之，带着“干校”的盛夏留下的诗意记忆，带着对语言的兴奋和兴趣，我走进了二年级的秋季学期。从个人行为来说，这是开始反叛的学期；从家庭生活来说，这是开始变动的学期。反叛从两个方向开始，其一不妨说是对“权威”的反叛。一个八岁小男孩心中的头号权威当然就是老师。那个学期，我们来了一位新的班主任老师。我还清楚地记得她姓“龙”。我还模糊地记得她好像只是一名代课老师。而我记得最为清楚也最令我反感的是她的那个习惯动作：当自己的头发偶然散落到脸上之后，她不是用手将它抹开，而是撇着嘴角用力将它吹开。那其实不是她个人的品牌，而是当时的一种时髦，当时的许多年轻女子都喜欢那么做（也许那样显得清高?!）。这动作本身其实只是令我反感的次要原因。主要的原因是这位班主任老师清高的举动堪称“过频”，就连根本没有头发散落下来的时候，她两边的嘴角也都会忙个不停。这种忙乱在她领读课文的时候尤其显著，令我难以忍受：一篇短小的课文不知要被她无声的乱码搅乱多少次。难怪上课的时候，我总是用“讲小话”和“做小动作”来分散自己的注意力。有一天下午的第一节课开始不久，这位班主任终于对我注意力的分散忍无可忍了。她要我“滚出去”。而我固执地坐着，连动都没有动，更不要说滚动。于是，她冲到我坐的最后一排，抓住了我的衣领。我首先是极力挣扎，接着是拼命反抗……但是胳膊拧不过大腿，我最后还是被她拽到教室的后门，狠推了出去。这是整个学生时代，我唯一一次被逐出课堂的经历（而且还是以

“武力”和“暴力”的方式被逐出）。可惜因为中途转学，这位班主任老师没有机会给我写本学期的鉴定，否则她可以将上学期那位老师写的鉴定里关于打架次数上升的说法升级为“本期打架的质量也在上升”：好家伙，一个二年级的小学生居然敢与班主任老师扭打起来！

另一种反叛不妨说是对“阶级”的反叛。“八家湾”里全都是所谓“知识分子家庭”，而从东口出去大约十米远处（在学校正门旁边）住着的是守传达室的晏师傅一家，也就是一户“工人阶级家庭”。“知识分子”家长们最担心的是自己的孩子被工人阶级家庭里那个臭名昭著的“坏伢子”带坏。那个“坏伢子”的名字比“八家湾”所有孩子的名字都要上进，都要革命：他叫“志新”。这名字里的前一个字当然与事实不符，因为他的确好像胸无大志，而后一个字倒不是特别离谱，因为他的点子总是不断翻新。不知道为什么也不知道是怎么的，我在那一段时间与他成为了朋友。后来一直到初中阶段，我都喜欢与班上学习最差的同学来往，还多次主动选择与他们同桌，与周南校园里的头号“坏伢子”的友谊恐怕就是这种偏好的原型。我母亲似乎并没有意识到我的“堕落”，直到我们的友谊在那个阳光明媚的下午（应该是国庆节的前一天）达到现在想来都令我感觉后怕的高潮。那个下午，我居然跟着他走出了周南的校门。我不知道我们要去哪里，但是他显然知道。我们走了很久很久，走出了城市，走进了荒野，最后我们走到了从荒野上穿过的铁轨的旁边。那就是我们的终点。我的朋友让我跟他一起趴在铁轨上听。他说从那里我们可以听到是否会有火车开过来。他说火车开得越近，铁轨上的声音听起来就越过瘾……我跟着我的朋友过了两把瘾。但是，胆战心惊地站在路基边看着第二辆火车疾驶而过的时候，我突然想到了英雄欧阳海和戴碧蓉：他们一个在铁轨上牺牲，一个在铁轨上残疾。他们的英雄事迹让我再也没有勇气跟着我的朋友再次趴在铁轨上去过听觉的大瘾。现在想来，那不仅是我上过的最早的物理课，也是我上过的一堂最生动的哲理课，因为它告诉我：在我们的生活里，即将降临的危险和灾害总是能够通过适当的媒介被“听到”。所以只要我们保持高度的警觉，就能够成功地避险消灾……现在想来，我也完全可能在那个阳光明媚的下午为自己刚学到的科学知识和人生哲理付出沉重的代价，甚至变成一片“鸿毛”，飘进母亲绝望的记忆。而我实际付出的是轻得多的代价：战战兢兢回到家里，战战兢兢面对盛怒的母亲！那是我从来没有见过也从此再也没有见过的母亲。她首先用鸡毛掸（当时的经典“刑具”）对我进行严厉的体罚。那倒并没有让我感觉到真正的疼痛，让我真正感觉到疼痛的是她接着对我施行的精神折磨：她突然宣布我第二天不能跟“八家湾”的全体家长和孩子们一起去工人文化宫看朝鲜电影《轧钢工人》。天啊，我是一个连“样板戏”改编的电影都百看不厌的电影迷，不允许我看新上映的故事片无异于对我处以极刑。更何况，那还是我做梦都在盼望着亲眼目睹的“宽银幕”：自从听到“宽银幕”这个词，好奇心就已经让我度日如年、寝食不安……我在最后一分钟获得救赎。隔壁邻居左阿姨（周南中学的数学老师）一直都是积极的和事佬。当他们大队人马在电影院坐好之后，她觉察自己同事的态度出现了些微的松动，就马上起身，赶回“刑场”施救。我开始不相信这最后的转机，也拒绝接受这意外的救赎。不过最后我还是被左阿姨说动，跟着她走向了工人文化宫。走进电影院的时候，正片已经开始。借着入口处门缝里漏进来的微光，我看到倒数第二排靠过道的座位空着，就在那里坐下了。左阿姨也没有继续劝说我归队。就这样，我在悲喜交加的情绪中独自看完了人生里的第一部宽银幕影片。而从那天之后，或者说从看完那部关于工人阶级生活的影片起，我当然也就再没有跟自己那位工人阶级家庭的“坏伢子”朋友说过任何一句话了。

我不知道自己的反叛行为有多少是出自外部因

素的影响。那时候，还有一种很特别的外部因素在影响着我的成长，它也与姐姐的“社牛”天性有关。她的社交圈进一步扩大，与班上那四个出众又出格的男生也成为好朋友。于是，我经常有机会听到那些大男孩本人的劣迹和他们瞎编的故事，尤其是用现在的说法可以说是“黑”他们班主任老师的故事（其中给我留下最深记忆的那些都堪称“少儿不宜”）。比如他们当中成绩最好的那个孩子号称他曾经趴在班主任老师的窗户下亲眼偷看到了如下的场面：那天临睡前洗屁股（当时比较讲究的家庭都保持这种卫生习惯，因为没有每天洗澡的条件）的时候，因为她的丈夫忘记（也可能是故意）往她的盆里添加冷水，他们班主任老师刚一开洗就被开水烫得哇哇直叫……类似的故事让我对那个聪明男孩的想象力充满了敬意。所以，六年之后听说他考上了清华大学，我一点都不觉得吃惊。有意思的是，那个男孩的母亲当时与我父亲在同一所“干校”劳动改造（因此，我和那个男孩也可以算得上是“难兄难弟”）。有一次，她回长沙办事期间特别来到我们“八家湾”的斗室。她带来父亲的信并告知她回“干校”的时间，让我母亲提早准备好父亲托她带往“干校”的东西（后来是那个男孩来取走那些东西的）。母亲让我们叫她“朱阿姨”。她长得很瘦小，但是显得很精干。她健步从过道上走过来的样子至今在我的记忆里都清晰如初。九十年代初，姐姐这位与我们家有特殊渊源的小学同学也从长沙调到了深圳。我们因此有过一些新的交往，其中包括一起去广州见我们共同的一位英国朋友。在这些见面的过程中，有一个问题总是盘旋在我的脑际：一个当年那么顽皮的孩子怎么会变成如今这么儒雅的成人？

2000年的夏天，我曾经邀请这位与我已经相识三十年的同乡好友到我当时任教的深圳大学来晚餐和游泳。那时候我对游泳如痴如狂，经常清早起来就直奔学校北门边专为世界大学生运动会所建的游泳馆，在其中露天的国际标准泳池游二十个来回（也就是一公里的距离）。那个时点，不仅泳池里没有其他的“游”人，还不时有海鸥从水面上掠过，让我感觉非常惬意。我多次给自己的这位同乡好友电话，分享游泳的惬意，历陈锻炼的必要，意在拉他下水。他工作很忙，过了许久才终于找到时间。那真是一个非常愉快的夜晚。因为这位好友平常不怎么喜欢运动，对游泳也不是特别擅长，每游五十米之后就会停下来休整一下，我也就跟着停下来，扶着池边继续我们四通八达的交谈……完全在我意料中的是，我们自然谈到了朱阿姨的堂兄，他的表舅（长沙方言里没有“堂舅”的称呼，大家将母亲的堂兄弟和表兄弟统称为表舅），历史上最显赫的那位湘籍“朱”姓人物。因为他的这位表舅从小在他外公（也就是表舅本人的伯父）家长大，与他母亲其实就如同嫡亲兄妹，所以他们的关系相当密切。再加上他自己在1978年不仅考入表舅的母校，还就读于表舅当年就读的电机系，表舅对他更是多一份偏爱。正是因为有这样的一份亲情和偏爱，1998年在伦敦Guild Hall举行的英国商界欢迎这位表舅的宴会上，我“社牛”的姐姐才忍不住不顾社交礼仪，走近了主宾桌，煽起了故乡情……而完全出乎我意料的是，我们居然谈起了杨曦光（就是后来以“杨小凯”再度成名的经济学家）。原来他们是五堆子（在周南中学东南方向大约四百米处）那座独栋小院里的邻居。他说在他准备高考最紧张的那一段时间，那位曾经被伟大领袖点赞的“文革”初期风云人物正好刑满释放回来（那应该是他成年生活中最无所事事的一段日子），他们每天都在一起谈天说地、评古论今。我的好友对自己生来面对的唯一一位刑满释放人员的学识和思想佩服得五体投地。我很羡慕好友的这一经历，因为我自己一直没有机会与这位出自故乡的传奇人物面谈。我只是在1992年夏天在伦敦度假的时候与他有过三次通信（当时他在澳大利亚的莫纳什大学任教），并曾经寄给他《遗弃》的复印件，他也回寄给我一些他用中文在海外发表的经济学论文。也许还值得一提的是，大概是在七十年代的中期吧，有一天父亲带着我走在街头（好像是在浏城桥一带）的时候，曾经停下来与一位“老领导”简单地交谈了几句。从此，我就记住了杨曦光父亲的大名。当然，那位从我心灵的小窗口前晃过的父亲绝对不可能想到自己正在服刑的儿子十年之后将会再度成为大名人，给他带来可以逢人就炫耀的大虚荣。还有就是九十年代中期的一个晚上，我去湖南省政协大院内“主席楼”，拜访住在那里的一位朋友。上楼经过杨家的时候，我注意到他们的正门忘记关好，客厅里也传出多重的声音，感觉家中有点忙乱。接我上楼的朋友好像看到了我的感觉，低声说：“杨曦光回来了。”我惊喜地停了下来，有点想敲门进去，与已经在几年前“以文相会”的传奇人物打声招呼握个手。犹豫了一下，我还是继续上楼了。那犹豫的时刻就确定了我与这位故乡人在人世间最近的物理距离。

2004 年 7 月上旬的一天，我从姐姐的电话里得知杨曦光因患癌症去世的消息。毫无疑问，英年早逝给我们这位同乡传奇的人生添加了最后的传奇。而大约又过了十年吧，我同样是从姐姐的电话里得知她最聪明的小学同学同样是因患癌症去世的消息。他甚至都没有活到令他佩服得五体投地的邻居活到的年纪。这消息立刻就将我带回到了2000年的夏天和深圳大学的游泳池……当年那完全出乎我意料的话题怎么会变成如此揪心的回音？

在1972年秋季学期过去一半的时候，我母亲被调离周南中学。我在这里故意使用带一点鸣冤意味的被动语气是因为那的确是“惩罚性”的调动。这惩罚性其实我是在最近这些年里才听说的。大概的情况是：当年的周南中学汇聚了一批堪称“积极分子”的中青年教师，上级领导感觉不太便于管理，于是也对他们采用了“化整为零”的游击战术。在那个深秋的中午，一辆通过一位邻居的关系借来的公共汽车将我们一家三口、我们全部的家当以及“八家湾”关系最密切的两位邻居带到了位于长沙东部郊区的长沙市第二十六中学简陋的校园里（注意：当时许多家庭的大件家具如床铺和书桌之类都是“公物”，因此随迁的家当通常并不复杂）。这是保存在我记忆中的第一次搬家。在随后的十年里，不计因父亲在1978年到1981年期间调任益阳地区经委而导致的又一次家庭分居两地，我们家在长沙市内还将有四次搬迁（如此的经历让我戏称我母亲择邻的次数都超过了望子成龙的孟母）。这具有开创意义的第一次搬迁当然会给我的记忆中留下深刻的痕迹。我甚至还清楚地记得“八家湾”的邻居们恭贺我们“乔迁之喜”的礼物是一个如同现在的A4纸大小的相框，里面是一帧湘绣的列宁画像。这在当时应该算是颇有点情调的礼物了。

保留在这个学期通知书上的是“长沙市郊区东屯渡人民公社友谊小学革命委员会”的公章。通知书成绩栏里期中考试的空格被划掉，说明我是在期中考试之后才转入那所“乡村小学”的。而期末考试成绩仍然没有悬念：语文99分，算术100分。

有意思的是，通知书的“奖惩记载”里第一次出现记载。它记载的是“元旦学校红榜表扬”。现在当然已经无法想象这是什么规格和什么性质的荣誉。而“学期鉴定”里的优点一段是这样写的：“到学校时间不长，表现还好，学习也有进步，作业认真，对同学友爱，能参加集体活动，劳动比较肯干。”我首先觉得“时间不长”与“也有进步”是矛盾的说法。不过这不重要，重要的是中间那一句里面的“还”字。我觉得这不是表扬，而是批评。我到底有怎样的表现才会让老师将“好”说得这么勉强？带着这样的疑问，我开始细读接下来的缺点一段：“希望今后以雷锋叔叔为榜样，严格要求自己，随时遵守革命纪律，上课专心听讲。加强锻炼，培养自己成为德、智、体全面发展的红色接班人。”显然，我要求自己不严格，显然我没有时时刻刻都遵守革命纪律，显然我上课听讲不够专心。而这一段话里对我触动最深的文字是“加强锻炼”，因为它说明我的身体不强，更说明我的体育不好。

这是抓住了要害！这是暴露了问题！我在后面应该还会谈及这个至今仍然困扰我的问题。

二十六中的四周是无边无际的菜地，而周南中学处在市区内的黄金地段，两者的视野完全不同。不过，新家园倒是好像又将我带回到了“留学”宁乡时期所处的环境。因此，我不仅没有不适之忧，还有亲切之喜。离新家最近的“商业中心”在两公里外的长沙矿山通用机械厂的家属区旁边。那里有一家综合商店、一家菜店、一家粮店和一个邮局。那也是我们乘公共汽车进城的起点和回家的终点。从我们所住校园的正门出去往南走一段再往西走一段，穿过一座农庄后再往南走一段，大约走三十分钟的样子，就可以抵达那个“商业中心”。那一路上都很田园也很安全，因此我母亲允许我和姐姐独来独往，去那里做一些小采购。同样与我在宁乡“留学”时期相似的是，我的新同学们大多是附近菜农家的孩子。新学校是“开放式”的，南北东三面都是直面菜地，只有西面的视线被二十六中的东墙堵住。上学的时候，我通常是从二十六中的正门出去，左转穿过校园南墙外的村舍和菜地到达。而放学之后，我经常会走捷径，直接翻越二十六中的东墙回家（这大概也可以算是我“加强锻炼”的一种方式吧）。

而外部环境的变化远没有家庭内部环境的变化令我感觉刺激。很快，父亲就从“干校”回来了。我们的家又变成了一个完整的家。更准确地说，应该是“第一次”变成了一个完整的家：因为前面已经提到，在被发配去“干校”劳动改造之前，父亲的常住地是距离我们常住的周南中学大约十公里的湖南林业学校，母亲只是到周末才会带我们去那里与他团聚。回归的父亲带来的第一个刺激就是“装修”：他用在“干校”学到的泥瓦匠手艺将学校分给我们的相邻却不相通的房间打通，于是我们家第一次住进了“套间”；回归的父亲带来的第二个刺激就是“起灶”：他还是用同一门手艺在“套间”的门边（也就是三家人共用的“堂屋”里的右侧）垒起了一个多功能的炉灶，于是我们家第一次拥有了“厨房”……最大的刺激还不是来自父亲从“干校”学来的手艺，而是来自父亲从黄河岸边带来的天性：尽管他出生于羊年（顺便说一句，我父亲出生于羊年的年尾，用河南老家的话说就是一头“连草都没有吃的羊”，本应该是一辈子都要饿肚子的），在天性上他却是一头精力无限充沛的“社牛”。相比之下，他的女儿都只不过是他的一个会说英语的压缩版。在极短的时间里，回归的父亲不仅与母亲的同事们打得火热（他们白天在一起打篮球，晚上在一起打扑克，可谓是真“打”），也与学校附近的菜农们混得烂熟（他们不仅频繁你来我往、互通有无，还多次在城郊之间为大男大女牵线搭桥，可谓是真“熟”）。一句话，父亲的回归为自己的小学生儿子开设了一个大课堂，更为自己的小眼睛儿子开启了一个大世界。

三年级上学期（1973年春季学期）

垒起了炉灶，当然接着就肯定会要升起烟火。在周南中学居住的时候，我们工作日的一日三餐基本上都是依赖学校的食堂。而在节假日，母亲通常是带我们去雅礼中学（有时候也带我们去她住在市中心司门口引铺巷的另一位姑姑家，那是我当时进入“门牌号”世界的另一个入口），自己动手而“足食”的机会就不是很多，更不要说做“美食”了。搬到东屯渡人民公社辖区内之后，我们家的膳食才开始以自理为主。果然是实践出真知！母亲的厨艺因为不断的实践而开始飞跃。至今都可以算是我最爱的“墨鱼炒肉”和“冬笋炒肉”就是在这飞跃的过程中成为了她的拿手菜。母亲在晚年的时候曾经总结说她自己是三十八岁才开始学习做饭的。这一总结正好与我此刻的记忆和记述精确吻合。而母亲之所以能够迅速成为烹饪的“高徒”主要是因为她有一位“名师”：她在雅礼中学当英语教师的姑姑（《“国脚”》主人公母亲的原型）英语课教得一般，中国菜却做得一流。那时候，我们的绝大多数周末都在她家里度过，而她家那间被我写进《“国脚”》的窄小厨房则成为我母亲学习烹饪的第一课堂。印象最深的是有一次，姑姑居然向侄女传授烹制“肉松”的复杂流程。我特别记得她反复强调，关键的一步是切肉的时候一定要“沿着纹路”下刀。我现在相信她的强调对我后来的写作产生了“蝴蝶效应”。写作与烹饪相通，美文与美食相应，这大概也印证了《道德经》“如烹小鲜”的说法吧。不可思议的是，三天之后，我们家的餐桌上就出现了母亲自制的“肉松”！它出奇的美味远比我那位叔叔空洞的言词管用，两大勺入嘴，“身在福中”的感觉就流遍了我的全身。

母亲不仅自己爱做菜和会做菜了，每次去城里办事开会，她还一定会顺道或者绕道黄兴路上著名的“九如斋”副食店，从那里买回“糖醋排骨”和其他经典的卤味。在七十年代前期的长沙，那可真算得上是一种奢侈的享受。而父亲的回归更是让“北方风味”平衡了我们家的膳食结构。最开心的当然是包饺子的日子，因为包饺子是可媲美“全家福”的活动：剁肉和调馅通常是母亲的工作，和面与擀皮必定是父亲的任务，不记得姐姐承包哪一个具体环节，我自己的主要责任则是将小面团搓圆、压扁，为擀皮飞快的父亲提供源源不断的“弹药”……那时候，电视距离我们家还有整整五年的时间，电话距离我们家还有整整十年的时间，与当时大部分中国家庭一样，我们家庭生活的节奏和机理也仍然牢牢地扎根于“民以食为天”的朴素逻辑。总之，随着炉灶的垒起和炊烟的升起，被史无前例的“文化大革命”遮蔽多年的小日子又重新浮出水面。农历癸丑年（1973年）的春节，母亲的全部弟妹以及已婚弟妹的全部“拖累”首次团聚，让我们刚刚恢复原形和元气的家里充满了小日子的欢声笑语。那是我至今为止经历过的最热闹的春节。

而那也是我在人生道路上逢遇的第一个“牛”年的春节。对我来说，它创纪录的热闹还包括更“牛”的一面。它要归功于天性“社牛”的父亲以及他当时的特殊处境：那是父亲从“干校”回来之后的第一个春节，也是他即将开始“重新做人”和即将开始“重新当官”之前的最后一个春节。不难想象，父亲当时对自己的未来（更精确地说是对自己的仕途）一定怀有深深的不安和浓浓的期待。而“第一”和“最后”则显示出那个春节的特殊意义：那是他必须充分利用的机会！用现在的话说，他要利用这个机会来为自己的未来疏通“人脉”。而父亲总是会带着我：我们乘着“飞鸽”的翅膀，从一座大院到另一座大院，从一种方言到另一种方言，从一位伯伯到另一位伯伯……这对将要奉献于写作的生命是一种多么难得的原始积累啊！从这一点上说，我无疑是父亲“牛”劲十足的社交活动最大的受益者。

事实上，从“干校”回来之后的那一段时间里，父亲一直都在参与“干校”学员的安置工作。他们的办公室设在市中心五一路旁一座民国时期的建筑里，距离我们家大约有八公里的路程。这个距离为我们刚刚恢复原形和元气的家迎来了首件奢侈品：一个阳光明媚的下午，我正独自在操场边玩耍，突然看见父亲骑着一辆崭新的自行车回来了。那是一辆“飞鸽牌”的自行车，价格好像相当于母亲当时一个半月的工资。这一只没有生命的“飞鸽”不仅是父亲个人的交通工具，也迅速成为我们父子关系的纽带。从此，小眼睛的小学生就多了一条通向社会的道路：从校园正门出去往北行一段之后再转往西行，接着再一直往西，翻过陡长的树木岭，穿过拥挤的左家塘……父亲用自行车将我带往的世界比我随母亲乘坐公共汽车能够抵达的世界要远很多，要大很多，要美得多，要怪得多……通常，父亲是让我坐在自行车的后座上。但是有时候，比如天黑的时候或者下坡的时候，他会让我坐在自行车的横梁上。那样的姿势会在我的心底激起一股对父爱的依赖和依恋。

在父亲带我一起去拜访的那些伯伯里，我感觉最为亲近也最想见到的仍然是苏伯伯。在等待分配的那一段时间里，苏伯伯住在湖南省教育厅（他妻子的工作单位）院内。那里因此成为我在七十年代进出最多的省直机关大院。后来，苏伯伯被分配去主管涟源钢铁厂。尽管父亲还是不时地去那里与他会面，不知道为什么他却从来没有带我去过。不过等到春节的时候，苏伯伯总是会回长沙，我也总是会在他位于教育厅大院内的家里看到他，直到1977年他调任贵州的前夕。调任贵州之后，苏伯伯的人生进入最繁忙也最显赫的阶段。关于那一个阶段，我只有百闻却无一见。这百闻之中最特别的来自朱厚泽先生。九十年代中期的一天，我带着身边的学龄前儿童与另一位朋友一起陪他游玩位于深圳华侨城的“世界之窗”。我们下午入园，直到看完晚上最后那一场大型歌舞表演才离开。在整个过程中，老先生差不多一直都细心地牵着我们家小男孩的手，那亲近和亲切的情景向我温馨地提示“历史的重复”。我情不自禁地说起了自己在童年时代与苏伯伯的相遇和相处。朱厚泽先生曾经与苏伯伯同时主政贵州，他的称赞当然完全经得起“唯一标准”（实践）的检验，因此也让我感觉特别的“逼真”。事实上，从这些年所有的百闻之中，我总是能够清楚地看到我熟悉的苏伯伯：儒雅、随和、质朴的苏伯伯！也就是在“干校”的劳动工地上挥汗的苏伯伯，也就是在“干校”的集体宿舍里静卧的苏伯伯……也就是处在人生谷底和社会边缘的苏伯伯。时间和地位没有能够涂改这位长者存留在我童年记忆里的影像，“真、善、美”的影像。

写到这里，我突然意识到自己与苏伯伯其实还有另一层缘分，姑且就叫它“白求恩之缘”吧：尽管苏伯伯与白求恩相差整整三十岁，他们却在同一年（1938年）抵达“革命圣地”。十八岁的苏伯伯在年底抵达之后，如愿进入“抗大”学习，而那时候，“去年春上到延安”的白求恩已经“到五台山工作”去了（引自《纪念白求恩》）。毕业于多伦多大学医学院的白求恩在延安的最大发现正好就是苏伯伯半年后就读的那所建立在黄土高坡上的大学。年初在延安滞留的那两个月里，白求恩曾经多次进入他心目中的那座人间奇迹，并与那里充满理想主义激情的学生（包括那位“来自上海的电影明星”）有许多的来往。他从那些年轻人的身上看到了中国的希望。他最后还将自己的观察与感叹写成热情澎湃的长文在加拿大的报纸上发表，将只有中国和革命能够创造的人间奇迹带进了英语读者的视野。白求恩的“抗大”情结，我已经在《“专门利人”的孤独》一文里详细呈现，这里就不赘述了。

与苏伯伯的缘分其实还有一段神秘的延伸：湖

南省教育厅大院的对面是湖南省农业厅的大院。后者居然成为我在八十年代进出最多的省直机关大院。1982年夏天，我们家从1979年秋天搬入的长沙二十一中学校园搬出，搬进了那座没有周南中学校园保存完好却比周南中学校园历史更为悠久的大院（有三百年历史的湖南“贡院”的旧址，也就是曾国藩、郭嵩焘等湘籍清代重臣飞黄腾达的起点），直到九十年代初才正式搬离。具体地说，1985年夏天大学毕业从北京回到长沙之后，湖南省农业厅的大院既是我世俗生活的中心，也是我精神生活的基地。我就是从那里走进了《作家》杂志，走上了中国文坛……长篇小说《遗弃》和最初的那些中短篇作品都诞生于那里。与残雪等一些文学“湘军”名将的友谊也都开始于那里。

也许是因为以“家”为中心的生活内容过于丰富，我对这个学期的学校生活几乎没有什么记忆。不过，学校组织的积肥活动还是有一些印象。那好像持续了较长的一段时间：放学之后，同学们一窝蜂都去收集青草，然后摇摇晃晃地挑着簸箕，将收获挑到学校的一个指定地点堆放；还有就是灭蝇活动。那好像只持续了很短的一段时间：我们一手握住苍蝇拍，一手拿着小药瓶，就像苍蝇一样到处乱跑，希望遇见和消灭更多的“同类”。被拍死的苍蝇都收集在小药瓶里，最后也都要交到学校，换取老师的表扬。我也永远都不会忘记那一次完全是走形式的运动会。好像是老师要求班干部都必须报名参加。我没有任何专长和强项，大概是突然想到了自己经常翻墙回家的经历，就选报了跳高。奇怪的是，比赛被安排在最旮旯弯里的那个备用沙坑进行。更奇怪的是，比赛被安排在运动会已经散场之后进行。这显示出运动会组织工作的混乱。最后，一个体育老师指挥报名参加比赛的七八个同学胡乱跳了三轮就宣布比赛结束。没有想到，第二天早上走进教室，班主任老师竟然递给我一张获得全校运动会跳高比赛“第三名”的奖状。那是我至今为止得到过的唯一一项与体育相关的“荣誉”。我清楚地记得在读完写在那张奖状上的全部文字之后，我幼小的心灵里不仅没有荡漾起丝毫的喜悦，还涌现出一种十分荒诞的感觉。那种感觉大概就可以算是我对人世间一切虚荣萌生的最初的怀疑吧。

是的，那幼小的心灵里还开始出现其他一些更大的疑问，尤其是关于语言的疑问，比如伟人当然也会像我们这些普通人一样有各种日常的需要，而他在表达这些需要的时候所使用的也应该是日常的语言，这不是意味着“我要吃饭”和“我想洗澡”等等这些平庸的语句不也都有可能成为尊贵的“语录”吗？又比如是不是所有人都会撒谎？又比如为什么好人对坏人撒谎不仅不是撒谎还是“智斗”？又比如坏人是不是也有可能说真话？又比如如果坏人承认他自己是“坏人”，那他的承认到底是真话还是假话呢？……类似的疑问经常会突然盘旋在我的脑际，尤其是在我独自上学或者独自回家的路途。它们当然不可能获得父母认真的回应，但是它们的确是一种模糊的印迹，昭示那幼小的心灵已经在开始躁动地寻找精神世界的入口。

同时出现的两种“好奇”与这种寻找也应该有心理和生理的联系。一是“对异性的好奇”。我没有忘记自己曾经热衷于参与姐姐和她那些女同学的游戏，以及自己还曾经宣称要“扎辫子”和“穿裙子”。而与那种恬不知耻的热衷相比，此时对异性的好奇有一个根本的不同，就是在好奇的同时我还会害羞。也许可以说正是因为意识到自己的害羞，我才会好奇（或者说更加好奇）。而更加好奇当然又会让自己更加害羞……当时校园里有另一对姐弟，是一位体育老师的孩子，姐姐大概比我稍大一点吧。每一次敲响他们家的门，我都会感觉到心跳加速。而房门打开，我却又害羞得要假装自己的来意指向的那个从来没引起过我任何兴趣的小男孩，结果每一次的心跳加速最后都被“压抑”成垂头丧气。有意思的是，在对与自己年龄相仿的异性萌生异样感觉的同时，我也开始注意到成年女性的“水性”。具体地说，我开始注意到母亲那位长得很漂亮的女同事在与我父亲说话的时候，不管是否有其他人在场，语气和表情都会变得不太一样。那种变化如此细微，我相信我母亲和那位女同事的丈夫甚至那位女同事本人都没有察觉。而我却非常肯定地注意到了。我当然不喜欢那种“不太一样”，因此每当看到那位阿姨与我父亲单独站在一起说话，我就一定会凑过去，充当“插嘴”的第三者。如果实在插不上嘴，我就会故意提出一些荒唐的要求或者发出一些刺耳的噪声，总之就是为了取得让交谈者“不欢而散”的功效。现在想起那九岁的“敏锐”，我会感觉真有点不可思议；而现在想起那九岁的搅局，我会感觉真有点于心不忍。总之在那个时候，小眼睛的小学生已经从“狗都嫌”进化到了“人都嫌”(注意这“都”字的不同发音，它意味着“人人”都嫌)。用马克思主义哲学的名言说，这种进化大概也是“不以人的意志为转移”的吧。

接下来要说的是另一种“好奇”。它与其说是对同性的好奇，不如说是“对青春的好奇”。在这个学期开学不久，两个大约二十岁刚出头的年轻人出现在我们的校园里。他们是新分配来的老师。他们一个瘦高，一个矮胖。瘦高的那个戴着白框眼镜，就像后来经常在老电影里看到的那种大学生，尤其显得书生气十足。从他们的谈吐和举止，我感觉他们有思想、有抱负、有激情，与母亲其他那些好像只知道闲聊和打牌的男性同事很不一样。我甚至有一种更为奇怪的感觉，感觉他们不属于当时当地，而属于未来和远方。爱屋及乌，我觉得他们的名字也朝气蓬勃，悦耳动听：瘦高的那个叫“王一江”，矮胖的那个叫“龙育群”。印象最深的是夏天的黄昏看他们在学校正门外的那口水塘里游泳。那口水塘的形状近似长方形，南北向长，东西向短。有一次，瘦高的那个从水塘的南端没入水下，最后却从水塘的北端浮出水面，让我觉得他就像是一个水下的魔术师。

我对这两个年轻人的感觉果然被“未来”和“远方”证实。在恢复高考之后的那二年，瘦高的那个考上北京大学经济系，矮胖的那个考上武汉大学哲学系。八十年代中期，瘦高的那个去美国深造，就读于哈佛大学经济系，获博士学位后任教于明尼苏达大学，成为知名经济学家和终身教授（我突然想到前面提及的杨曦光当时也是哈佛大学经济系的博士生。这真可以说是长沙奇缘！）。而矮胖的那个后来也重返母校“读研”，毕业后再返回长沙，入职湖南教育出版社，并很快因为推出“新启蒙”丛书等而成为全国知名的社科类编辑，陆续获得过几乎所有的国家级名牌编辑奖项。有意思的是，1988 年秋的一天，我在湖南省新闻出版局的门口与这位童年时代的“故人”擦肩而过，立刻就将他与我仍然牢记着的名字绑定。第二次再遇见他，我就毫不犹豫地挡住了他的去路。在随后的两三年里，我们的联系比较密切。特别是在《遗弃》出版之后，他曾经将“新启蒙”丛书的一些作者介绍给我。那些著名的学者就是《遗弃》抵达的第一批读者。可惜当时的中国正处于历史的转折点上，文学完全不是知识界的兴奋点，起点很高的第一批读者也就没有能够及时转化为影响很大的第一批知音。九十年代初因为移居深圳，我与这位“故人”再度失联。最近得知，他在退休之后“玩”起了书法和摄影，而且还“玩”得很真，“玩”得很大，尤其是书法，已经呈现名家的气象。我很高兴这位“故人”在古稀之年还能够迎来充满艺术追求的第二个“青春”。我也很得意自己小眼睛的眼力能够再一次经受“未来”和“远方”的检验。

这个学期通知书上记录的期中考试成绩是语文98分和算术93分，期末考试成绩是语文98分和算术90分。这没有什么悬念。有悬念的是平时成绩栏里的记录：语文没有疑问，是98分；而算术是怎么回事呢，只有65分？我不知道算术老师是如何计算平时成绩的。如此的低分应该至少说明我的算术作业做得不认真或者交得不按时。不管原因何在，通知书里出现的这个低分现在回过头来看，真好像是为随后学习成绩的波动埋下的伏笔。

“奖惩记载”栏里共列出了三项，为整个小学阶段之最。第一项是“‘61’出席公社三好学生”(这里“61”的写法太不规范，而最后应该也漏掉了“大会”之类的宾语，可见老师工作的马虎)；第二项是“期末评为学校‘三好学生’”；第三项是“作文优胜”。我自己对所有这些奖励都没有任何记忆。而且因为我的体育从来不好，百米成绩大概就相当于一个中上等水平的女生，我得到的所有与“三好学生”相关的荣誉都至少包含三分之一的水分，因此我对前两项荣誉没有什么感觉。不过，最后一项的确让我的小眼睛为之一亮。我不知道那是胜过了多少对手的“优胜”，但是它无疑是现存档案材料里最早关于我写作水平的肯定。

“学期评语”栏里的文字没有分段，这再次吻合我刚才对老师工作的点评。它的全文如下：“班级工作热心，关心集体，对同学友爱，学习成绩较好，作业整洁，有一定工作能力，但作为一个干部，还应更加严格要求自己，自觉遵守课堂纪律，进一步克服骄躁情绪，这样方能进步更快。”这段评语不仅没有什么信息量，里面还存在不少语言和文体方面的问题，比如它一气呵成、逗号连篇的行文方式。我经常提醒学生在写作的时候（不管是写文学作品还是写学术论文）都要尽可能多地使用句号，同时也尽可能少地使用逗号。做到这两个“尽可能”，文章的逻辑会比较清晰，文章的主旨会比较彰显。看到这一段“学期评语”，我意识到对老师也很有必要“警钟长鸣”；再比如从“但作为”之后的这一部分包含着明显的语病。为了让它有主语，可以考虑将“作为”两字以及“还”字前的那个逗号去掉，或者在“还”字前加一个“你”字。而为了保持语气和语义的连贯，“这样方能”也应该被“争取”之类的词来代替。还有就是在原文里，“应”字使用的是繁体，对于小学生的鉴定，这问题的性质当然不仅仅是“政治不正确”，还包括“风格不统一”。“这样方能”也是类似的情况，写成“这样才能”就能够避免“白话夹文言”的嫌疑。最有意思的是，在原文里，“骄躁”被写成“骄操”。我不想将它也算成是老师的马虎，而宁愿将它算成是老师的笔误，但是这笔误事出有因：它是受方言的深层影响而导致的。它让我不禁想起了一个亲身经历的类似错误。不过那是一个口误，而且犯错者不是小学老师而是大学老师。那个口误出现在这份通知书写成九年之后，出现在我大学一年级第二学期的“微分方程”课堂上。说话带浓厚南方口音的老师突然激情澎湃地对着鸦雀无声的课堂说：“首先，我们来‘造’一个一元二次方程。”

令我“老大徒伤悲”的是自己没有在少小之年努力练就一门“童子功”。体育是天生的弱项，那么可以在艺术方面下一点功夫啊，比如学一门乐器，比如学一点美术。这在很大程度上当然也是父母应该付出时间和精力的事情，可是他们从来没有在这方面付出过时间和精力。不过，如果我自己有学习的要求，他们不仅不会反对，甚至会积极支持。在这个学期就真的出现过一次短暂的尝试。我们隔壁那位擅长音乐的数学老师在周末开办了一个音乐辅导班，教授有兴趣的学生和教师子弟学习二胡。我兴致勃勃地去买了二胡，决定跟他学习。但是好像只是上了两次课，我就彻底放弃了。唯一的收获是学会了一个叫“浅尝辄止”的成语以及一句叫“三天打鱼两天晒网”的俗话。另一次学艺的冲动瞄准的是中国象棋。那时候，父亲经常与母亲的同事或者自己的朋友在家里对弈。我是他们唯一的观众。父亲在自己心情好和对手实力差的状况下会教我一些基本规则。之前说过，我父亲从来就不是一个好老师，而且他也不是一个好棋手。也许正因为如此，他既没有野心和耐心也没有激情和能力将我培养为自己在棋盘上的对手。也正因为如此，中国象棋没有像自行车一样成为维系我们父子关系的又一根纽带。这其实既是我无法改变的棋运，也是我无法改变的命运！因为我们父子关系中的第一场激烈冲突很快就将爆发，而中国象棋恰好就是那场冲突的导火索。关于这个细节我在随笔《一个年代的副本》和《爸爸八十八》里面都有记述，这里就不再重复了。

那个学期在我生命里留下最深印迹的经历发生在暑假之中。当时姐姐最好的朋友正在我们家小住。我记得她来的第一天，看到路边的狗尾巴草，竟兴奋得尖叫起来。我从那兴奋里看到的是“城乡差别”。而在此之前，我对这种差别是比较淡漠的。因为我虽然是一个城里伢子，却有丰富的乡镇体验：我的外公外婆居住在宁乡县历经铺人民公社立新大队第四生产队的茅草屋里，我的启蒙教育完成于宁乡县城关镇的城东小学，我还曾经在位于衡东县草市镇北岸的“干校”度过寒假和暑假，而我此刻的生存空间又归长沙市郊区东屯渡人民公社管辖。姐姐最好的朋友的那一声尖叫也让我为自己丰富的乡镇生活经验充满了自豪，充满了感激。

在接下来的那个星期天的中午，父亲决定带我们去校园北面不远处的那口水塘游泳。水塘的具体位置是在如今长沙市最大的建材市场“高桥大市场”的东南角上。父亲之所以带我们去那里，而不是就近在校园前面的水塘里游泳，大概有两个理由：一是因为那里四周都是菜地，没有行人路过，免受打扰；二是他与住在附近的一户菜农很熟，既可以顺便串门又能够方便更衣。我不知道我们在水塘里游玩了多久。等父亲感觉差不多了，就先上了岸，准备去他的菜农朋友家更衣、聊天。他敦促我们也尽快上岸，去那里与他会合。我们没有尽快。姐姐和她最好的朋友继续在她们能够够着底的位置游玩。而我扶着救生圈继续在我够不到底的地方练习。突然，我感觉自己好像能够松开救生圈划动两下了。还没有来得及自我陶醉，我就急于想做公开表演，于是大声要姐姐和她最好的朋友转过身来接住我的救生圈，并且看我怎么游到她们跟前。不幸的是，救生圈刚被推开，我就感觉身体在开始下沉。我双手奋力划动，而身体却只是继续下沉。姐姐和她最好的朋友开始还以为那也是我表演的一部分，都笑了起来。但是她们很快就意识到那不是假戏而是真做，就一起惊叫了起来。她们的叫声惊动了在不远处的菜地里施肥的那位菜农。他迅速跑过来，跳下水塘，三下两下划过来，一把抓住了我。在抱着我上岸的时候，他轻轻地骂了一句“化生子”。在长沙话里，这是很重的咒骂，大概相当于普通话里面的“王八蛋”吧。后来每次想起那一次与“死神”擦肩而过的经历，我都会对那位菜农充满感激。事实上，他好像就是上帝特意为我安排在那里的救星。但是，当听到他那样咒骂我的时候，我却不假思索地回敬了一句：“你才是化生子！”这大概应该就叫作“身”在福中不知福吧。那位菜农没有对我的“不知”做出进一步的反应。他将我在岸边稳稳地放下，就走进自己的菜地，继续施肥去了。而直到这时候，我父亲才提着他的湿裤子匆匆赶过来……写到这里，我忍不住想，如果那一天匆匆赶过来的时候，父亲看到的不再是我，或者是不再能够看见他的我，他这半个多世纪的人生将会如何度过？

三年级下学期（1973年秋季学期）

“生命的脆弱”之所以成为我的文学作品探索和表现的主题，与我自己在九岁那一年经历的生死考验肯定有直接的联系。其实早在那之前，我就已经从“老三篇”的《为人民服务》里知道“死人的事是经常发生的”。不过，我并没有意识到这件事与自己有什么关联。而在亲历过这场生死考验之后，我才知道这“经常”可能会有多么经常：经常到稍不留神就有可能会降临自己的身上，以及任何一个“自己”的身上。这其实不是顿悟，因为九岁那年经历的并不是我的第一场生死考验。第一场生死考验是在1969年底或者1970年初降临在我身上的。它不仅在我左额的上方留下了明显的痕迹，也在我心灵的深处留下了永久的恐惧。这痕迹和恐惧为我随后的人生奠定了“虚无主义”的基础，也为我全部的作品提供了“存在主义”的依据。与后一次经历相同，前一次的主要责任人仍然是我自己，而与后一次经历不同，前一次差点铸成大错的家长是我的母亲。

它发生在我母亲将我从幼儿园接回家的时候。因此那应该是一个星期六的下午，因为我当时是在幼儿园全托，只有到周末（当时只休星期日）才被接回家（有时候母亲甚至会“革命”到要两周才接我回家一次的程度）。在周南中学正门口的内侧，就是如今依然保存着的李觉公馆前方大约五米处吧，母亲遇见了一位同事，马上与她认真地谈起了什么事情。那个位置距离“八家湾”的东面入口不到十米。在她们身边等了一阵之后，我不记得是我母亲让我自己先回去，还是我自己吵着要先回去，总之我兴奋地往“八家湾”跑去。刚跑进入口，我仿佛看到了坐在家门口小凳上的姐姐。我大喊了一声“姐姐”(我现在还能够清楚地听到那充满童真的喊声)。没有想到，刚喊完，我就一头撞在了过道边用红砖砌成的方形立柱的尖角上。我不知道自己在地上昏迷了多久。直到隐约听到有人问我为什么趴在地上，我才努力将头稍稍抬起来。我能够感觉到我的小眼睛已经被鲜血蒙住，然后我就听到了一声尖叫，接着就听到有人在大喊我母亲的名字……等我再醒过来的时候，听到的就是医生透过口罩对我的表扬，她说我将来一定能够当解放军，因为那么多针打在身上，我一声都没有哭。我的确是不怕打针，但是当听到医生和母亲谈论起“破伤风”，我就感觉自己即将面临的是永恒的黑暗。我们家保存着一张特别的旧照片：我母亲站在一个童床的护栏边，低头打量躺在里面的婴儿。“破伤风”让我马上想起那个女婴，我父母的第一个孩子。在随后两天的半夜，我都要被母亲叫醒，用棉袄包严，抱到东边起第四间毕阿姨家的门口，与等在那里的毕阿姨家的大女儿会合。然后，她们两人轮流背着我去市立一医院打针。“八家湾”六零后的孩子们都叫毕阿姨家的大女儿为“大姐姐”（我在搬离周南中学之后就再也没有见过她了。九十年代中期，我听说她当时在国家工商总局的一个部门担任要职），而在那黑漆漆冷飕飕的求医路上，浮现在我脑海里的却是自己仅在这世界上存活过一个月的大姐姐。

另一道横亘在我幼小心灵上的阴影也深刻地影响着我对生命的看法。那时候，大人们经常会在一起谈论“出麻疹”的事情。他们都说出麻疹要趁早，因为长大之后出麻疹会有生命危险。可是同时他们又说有的人一辈子都没有出过麻疹，生活也没有任何问题。每次听到他们的谈论，我都会极度不安，因为我知道他们的议论其实就是针对我而发的：我是他们周边的孩子里面唯一还没有出过麻疹的异类，而九岁的“高龄”似乎已经触到出麻疹的红线。极度的不安让我产生两种矛盾的期盼：一是期盼自己早出麻疹，能早一天就早一天，尽早融入同类；一是期盼自己不出麻疹，能“不”一天就“不”一天，直到生命的终点。

还有两个戏剧性的事件也进一步加深了小眼睛的小学生对“生命的脆弱”的认知。一个不妨称为是“荒诞剧”：一位与我父母关系很好的数学老师有一天傍晚急匆匆地跑过来说他闯了大祸。大家都知道他有一支气枪，平时喜欢用它在校园附近打麻雀。那一天，他正对准传达室门边的一只麻雀，学校的支部书记（也是他的好朋友）突然从传达室里走出来。他在慌乱中按下扳机，子弹击中了书记的右臂。过一会儿，在医务室接受治疗后的支部书记也过来了。他的手上绑着绷带，就像《红灯记》里的王连举，不过他神态自若，还不停地安抚“凶手”。接着，他们谈起了气枪的射程和威力，又谈起“如果”，如果子弹射进了眼睛……如果子弹射进了太阳穴……他们的语气显得那么随意又那么无意，而我作为有心的听者在一旁听着，就感觉他们不是在谈论“如果”，而是在谈论“结果”。

而另外的戏剧不妨定性为“恶作剧”，而且它还是自作自受的“恶作剧”：在新学期开始之后不久的一天中午（应该是一个星期天），独自在校园东南角的那一片野草丛中玩耍的时候，我突然看到前方窜出一只癞蛤蟆。我本来应该忽略它，结果却正好相反，我开始疯狂地追杀它，将右脚上的鞋都追掉了还不愿放弃。最后我终于抓住它的喘息之机，抬起右脚狠狠地将它踩住。癞蛤蟆的生命当然很快就结束了，不过离开世界之前，它做出了奇怪的反应。我当时只感觉到自己的脚板突然湿了，后来我知道癞蛤蟆是在临终的时刻排出体内的毒液，或者也许就是它的尿吧。总之，那是它对我的报复。在回家的路上，我的脚板就已经出现痛感。回家之后再看，脚趾下方的那一块区域已经变得非常难看。母亲马上带我去医务室治疗。随后的大约一个星期里，我每天都只能穿着拖鞋，一拐一拐地去学校。第二天，班主任老师还忘记了我的处境，叫我到讲台上去做板书。我只好双手撑着过道两边的桌面，尴尬地单脚跛到了讲台上。这一次，母亲也用一个假设句表达她对我的责备："想想看，如果你在草丛里遇到的不是一只癞蛤蟆而是一条响尾蛇……"直到半个世纪后的今天，这依然是令我毛骨悚然的"如果"。

有意思的是，个人生活中令人沮丧的"偶然"事件并没有妨碍我为社会生活中的"偶然"事件而兴奋。1972 年夏天到 1973 年夏天之间，中国社会生活中最具影响的"偶然"事件当然就是"教育回潮"，而它的影响又主要体现于承"小"启"大"的中学教育。我的家就在中学的校园里，所以我能够清楚地听到潮水的韵律并看到潮水的推进。经过大约一年的积蓄，潮水的规模和力量已经逼近它的顶点：1973 年 8 月下旬陆续运来的各年级和各科目教科书的厚度就是最明显的标志。当时学校里的仓库都已经不够用了，有部分教科书只好码放在教职工的家里。在我们家里码放的有高中的物理和化学教科书。它们的厚度真让我感觉有点不可思议。在开学报到的那一天，我能够感觉到学生和老师都异常兴奋。我看到有的学生刚领到书，就迫不及待地翻开，向老师请教。我听到有的老师得意扬扬地对学生说："学好数理化，走遍天下都不怕。"其实那个时候，张铁生的"英雄"事迹已经跨出辽宁省界，正被推向全国。也就是说，"教育回潮"已经开始遭遇"反潮流"的抵抗。这抵抗的声音日渐高涨当然也就是"教育回潮"即将退潮的信号。高潮与退潮的同步到来是人类历史中经常重复的反讽，它又伴随着神州大地 1973 年秋天的落叶再次获得现实的确认。

也许是因为四周的田园风光，也许是因为复元的家庭气氛，也许是因为松弛的政治环境，访客之多成为我们在二十六中校园居住那一段时间里的显著特点。这些访客带来了不同的社会信息，展现了不同的个人魅力，让我这个小眼睛的小学生大开眼界也大长学识。这里我觉得有必要介绍两位最频繁的访客以及一批最特殊的访客。

第一位要介绍的是母亲五十年代在长郡中学的一位学生。像周南中学一样有着悠久历史的长郡中学是母亲的第一个工作单位，是她三十六年中学教育职业生涯的起点。她于1953年秋季学期（也就是还不满十九岁的时候）正式入职。她的这位学生是一个品学兼优的初中生。我母亲当时主要负责学生工作，因此对这名学生干部的情况也非常熟悉。他在二十年之后成为我们家的常客是因为他仍然单身，我父母正在为他牵线搭桥（对方是一位菜农朋友家的女儿）。母亲这位学生个人的条件其实不错，是市内一所中学的语文老师，之所以步入而立之年还孑然一身，恐怕主要就是因为他的行为举止有点“古怪”。我其实从第一次见面就意识到了他的“古怪”，比如一般的大人并不会跟小孩子说很多话，他却跟我说很多话，而且他说话的时候不仅语速很快，内容也经常重复，话题也频繁转换；又比如他还过分客气，每次来必带礼物，有时候可能是不成其为礼物的礼物，比如一棵芽白或者一包花生。而且不管我母亲用什么方式拒绝，他最后总是能够千方百计将礼物留下。我从一开始就很喜欢他，包括他的“古怪”或者说尤其是他的“古怪”。“古怪”其实是我母亲的说法，或者应该说是我母亲从她母亲的娘家借用过来的说法。在我外婆的娘家，它有明确的意指，也有特定的所指，指的就是我外婆终身独居于她们故居的四妹。我母亲的这位四姨当年在长沙读中学的时候因为目睹闺蜜的自杀现场而大受刺激，从此变得“古怪”。我当时还没有见过我的这位姨外婆，不过她偶然被家人谈起的种种“古怪”行为令我对她充满了好奇：比如她从不允许他人进入她的茅草屋，比如每次用完筷子，她都要将它在火上烧去一截，完成消毒（最后她的筷子会短得就像粉笔）。神奇的是，她的智力完全没有因为“大受刺激”而遭受折损。她还是像从前那样聪明，连《三国演义》里最不起眼的人名都如数家珍，给外婆的信也一直都写得通情达理。她在地方上享有“大学生”的美誉，包揽从公到私的文字和书面事务，比如给新生儿取名字，比如给生产队写报告，比如给各家各户写春联。我后来知道我母亲的这位学生也是在高中阶段受过什么刺激，并且还一度休学。不过他终于战胜了最深的黑暗，融入了社会，走上了讲台。我父母为他介绍的对象大概还是对“古怪”有所顾虑，因此那眼看就要搭成的鹊桥最后以烂尾告终。不过母亲的这位学生因祸得福，后来就在市内找到了理想的伴侣，也当上了得意的父亲。我真是非常感激他在那一段时间的频繁到访。那对我可以算得上是一种美学体验，对人世间“古怪”的美学体验。这种体验轻而易举地去除了我对“古怪”的疑惑和偏见：我不再觉得它可怜或者可怕了，反而会觉得它可爱甚至可敬。这对一个将来要以“人学”为职业的人同样是不可或缺的原始积累。

另一位经常到访的客人其实是我的家人：之前没有机会给我留下深刻印象的姨爹。姨爹那一段时间之所以经常到访是因为他已经从煤炭坝调回到城关镇，在城关镇最大的工厂负责采购，经常要去广州出差，长沙是他上下火车的地方，他的必经之地。我的姨爹是我们家上一辈人里最具艺术范又最富正义感的人。他擅长书法、摄影、写作和表演，是宁乡县的文化名人，之前担任过报社的摄影记者（我幼年时代的不少照片都是他的作品），之后又先后任职于文化馆和县志办。因为天赋的正义感，看到任何社会不公，他都忍不住拍案而起、口诛笔伐。一个如此多才多艺的人，一生都没有能够找到稳定的岗位，更不要说找到充分展现自己才艺的舞台，我想这“忍不住”应该是最主要的原因吧。另一个原因大概是姨爹不仅“忍不住”出口之言，也“忍不住”进口之物。他精于厨艺，因此（或许是因为?）好吃贪杯，“贪”后必吐乱语狂言。他的到访给我留下最深印象的细节就是这方面的经典。那一天吃过晚餐，父母亲一起出去了，只留下我和姐姐陪着姨爹在家。他一个人继续津津有味地吃喝了很长一段时间才放下杯子和筷子。稍微消化了一下之后，他突然开始说话，而且是用普通话说，而且是天南海北，而且是语无伦次，而且是抑扬顿挫……让我觉得他不是在真实的生活里，而是在虚幻的戏剧里。还有一次，他坐着一辆带斗的摩托车过来。不过他自己是坐在驾驶员的后方，而“坐”在车斗里的是差不多长达一米的一整扎香蕉。那是他刚从广州带回来的特产。那也是八十年代初牛仔裤到来之前对“小眼睛”最具冲击力的“广东元素”。

而那一批最特殊的客人是湖南省话剧团的著名演员，其中包括神通极为广大的姜叔叔（他后来曾参与过电影《芙蓉镇》的制片工作并客串片中一个角色。其间还曾经带我的“社牛”姐姐去位于湘西王村的外景拍摄地拜见导演谢晋和主演刘晓庆）以及曾经在湘版《雷雨》里扮演繁漪的湖南话剧界“女一号”魏阿姨和她的第二任丈夫熊伯伯。他们优雅的举止和风趣的谈吐本来就足以令那个天高气爽的日子永志不忘，没有想到在他们离开之后，那个日子才迎来它真正的高潮。因为我是其中的“男一号”，那不妨说是幼主夺宾的高潮。它不仅成为我1973年生活里的头条新闻，也可以算是我整个人生里的最大笑点。高潮的序幕是姜叔叔在午餐后表演的魔术。他说他能够闻出扑克牌的大小和花色。我当然不相信，于是抽出一张，看一眼后翻过来，小心翼翼地递给他。姜叔叔也是小心翼翼地接过了牌，然后又小心翼翼地将它移到鼻子下方，整个过程没有破绽。然后，他做着各种费力的表情去闻那张牌，还附加上一大堆风趣的旁白。他的表演逗得我咯咯直笑，但是我的小眼睛牢牢地盯着牌，唯恐它有任何的偏斜。这整个过程也没有破绽，可是姜叔叔最后闻出了牌的大小和花色。我缠着他又多闻了几张，每次的结果都完全正确。这让我觉得神秘莫测……直到他们准备离开的时候，姜叔叔才为我揭开魔术的秘密。他从口袋里掏出一面巴掌大的小镜子，说他是将它压在腿下而从中看到正确结果的。他接着还特意演示了一遍，让我从镜面看到了牌面。这如此神奇又如此简单的魔术令我心花怒放。接着，父母亲就一起送客去了。目送着大人们渐行渐远的背影，仍然沉浸在魔术魅力中的小学生突然产生了表演的强烈冲动。他想都没有去想魔术本身对镜子的大小有严格的要求，径直将挂在墙上的梳妆镜（直径至少有十五厘米吧）取下放在椅子上，准备开始表演。不幸的是，他刚将身体的重量全部压上镜面，就听见咔嚓一响，道具立马报废，魔术顷刻穿帮……人生中仅有的一次魔术表演还没有开始就宣告结束，这是我关于自己儿童时代的经典记忆，也是许多人关于我儿童时代的唯一记忆。半个世纪之后，这经典记忆被融入中篇小说《初恋》的叙事逻辑，进入美的历程。而在1995年夏天，我与魏阿姨的儿子重逢于巴黎。那是八十年代中期我们在北京（当时他从中央戏剧学院导演系毕业后留校任教，正在引领后来的许多影视明星走上星光大道）分别之后的重逢。那一天，他带我去蒙帕纳斯墓地拜谒萨特。走到半路，他就突然提起了那面“破镜”。二十二年前在长沙遭受的羞辱又变成了二十二年后在巴黎遭受的尴尬！萨特存在主义哲学的基本原则是“存在先于本质”。而对我来说，那面永远无法重圆的“破镜”却是先于存在的本质。换句话说，尽管经过多年的勤学苦练，我已经成为一名称职的文学魔术师，这是我目前的“存在”状况。而在“本质”上，我却永远都是二十二年前那个魔术表演的失败者。用七十年代的著名表述，这就叫“永世不得翻身”。

前面提到过我母亲两位最年轻和刚入职的男同事。就像他们一样，我母亲在二十六中最年长和将退休的那位女同事也引起过我极大的好奇。她出生于 1919 年 4 月（也就是“五四运动”的前夕），现在想来，1973 年秋季学期应该是她教师生涯里的最后一个学期。我们共用同一间“堂屋”，我们住在正门进来后的东侧（用旧式的说法，就是东厢房吧），而她住在西厢的南边那间，房门正好与我们的家门相对，可谓“出门不见进门见”，是名副其实的近邻。那其实只是她临时的住处，并不是她的家。她每到星期六就会回家，星期天晚上才赶回学校，做一个星期我们的近邻。母亲最年长的同事引起我好奇的原因有很多：首先，她的家在长沙八中（她丈夫任职的学校）的家属区内，那一带叫“三角塘”（很可惜现在已经无法在地图上找到这个对我的人生有特殊意义的地名），与周南中学的直线距离大约八百米吧，也就是说，我们从前也勉强可以算得上是“近邻”；第二，她的家与工作单位之间的距离大约是十公里（路上有不少的陡坡），而她来回不是像其他也在校外有家的老师那样坐公共汽车，却是骑自行车；第三，她骑的是一辆女式自行车，那个年代在长沙，一般的自行车都不多见，女式自行车就更加罕见；第四，她虽然已接近退休年龄，头发都已经斑白，脸上也有不少皱纹，而穿着却总是那么优雅、那么精致，举止也总是那么从容、那么端庄；第五，她教的是英语，我的“亲友团”里有相当多的英语老师（这一直是让我感觉有点奇怪的现象），而她却是与我们家住得最近而且住得时间最长的英语老师，这个纪录直到半个世纪后的今天也没有被打破；第六，她是解放前的大学生，毕业于中山大学英语系，当时在像长郡、周南和雅礼等市区内的老学校，解放前的大学生并不罕见，而在二十六中这种远离市区的新学校，她却成为散发出历史气息的孤例；第七，也最不可思议的是，她还是我们名副其实的远亲，而且还是辈分很高的远亲，她的丈夫姓梅，是我外公母亲的堂弟，也就是说，她应该属于我母亲的“奶奶”一辈，而我和我母亲都越过这一层亲情，直接叫她“陈老师”。

陈老师住处的门总是向我敞开，而她的房间也是整个校园里最令我好奇的房间：因为她的态度总是那么温文尔雅，因为她的声音总是那么慢条斯理，因为她的倾听总是那么真心实意。当然更重要的是，她的书桌上有不少让我感觉新奇的东西，比如那本很旧的《英汉字典》，比如那些耀眼的《北京周报》，比如那个地球仪，比如那只放大镜……我最着迷的是那只放大镜，不仅因为它可以将书报上的文字放大，还因为我听说它能够让阳光聚焦，点燃火柴甚至纸片。我一直没有机会去做那后一个光学实验，但是我开始想象光学的神奇，我相信它一点都不会逊色于我当年趴在铁轨上领略到的那种声学的震撼。后来，我在《百年孤独》的开头读到吉卜赛人留给布恩迪亚家族的那面放大镜以及它激起的那一系列的狂躁。儿童的惊奇又一次抵达大师的叙述！我因此更是对陈老师书桌上的那只放大镜充满了敬意和感激。

陈老师一家从八十年代中期开始移居美国。她自己好像是最后一个离开长沙的，那已经到了九十年代初。她在美国生活了二十年，于 2014 年 2 月在纽约去世。而我唯一的一次去纽约是在 2018 年 4 月（是去做《白求恩的孩子们》英译本的活动）。我很遗憾在陈老师通往天堂的最后那一段路程里，我们没有再见上一面。而关于陈老师一家在美国的生活，其中一个特别的细节也许会让读者感觉好玩。还在国内的时候，我就听说陈老师的大女儿在纽约的工作是为一个名叫“玛莎”的大名人打理家政，并深得女主人的信任。在北美定居之后，我才知道那位“玛莎”有多么出名。她是为几乎所有的美国家庭“打理”家政的玛莎·斯图尔特。换句话说，她就是整个北美乃至整个世界最著名的那位“玛莎”。有一段时间，那位“玛莎”因为股票交易方面的问题而成为美国的头号新闻人物，每天都被主流媒体跟踪报道，我因此也多次在CNN的镜头里瞥见陈老师大女儿的身影。

说到陈老师，我不由得想起在那一段时间也算是常客的另一位梅姓亲戚。她大约比我母亲年长八岁吧。她的名字里并没有“华”字，不知道为什么我母亲称她为“华姑”。她是活跃的民主党派人士，八十年代中期民主促进会湖南省委员会正式成立后，长期担任该组织的秘书长。在写作这段回忆的时候，我无意中获悉在长郡就读期间教我化学的潘老师九十年代曾经担任两届民进湖南省委的主任委员（她后来进京担任民进中央副主席以及国家计生委副主任等职），也就是说她一度就是我这位“华姑娭”的直接领导。生活中和社会里的这些特殊交叉总是让我觉得很有意思。与陈老师类似，我这位“华姑娭”的言谈和举止也很优雅，都透出民国时期的余韵。尽管已经是直奔半百的人了，她常来我们家的原因却是向自己的远房侄女倾诉“少女之心”：她一直单身，但是在那个时候，她的一位鳏夫同事向她表达了踏实的爱意。后来，她的那位同事也成为我们家的常客。我们都称他为“老杨”。我第一次看到他就觉得他是重感情和负责任的人，很希望他真的能够与我温文尔雅的“华姑娭”白头到老。“老杨”开始都是自己来的。后来他就与“华姑娭”一起来了：这“一起”的前来就相当于所有童话故事最后那一句里的“从此”之此。是的，他们很快就结婚成家了。婚后的生活幸福无比。回想起来，那是我第一次全程亲身经历过的成功恋爱。它的幸福结局让我从儿童时代就开始相信爱情是人世间的美好事物。

在我看来，父子关系是所有人际关系里最为复杂的一种。而父亲的回归就将这种“最为复杂”带进了我的日常生活。作为一个敏感的孩子，我会从一些特殊的角度去观察父亲，比如他情绪的失控。那时候，他正在等待安置，因此也肯定会有对未来的焦虑，因此也难免会有情绪失控的时候。他在政治生态还相当恶劣的“干校”初期就曾经有过两次出名的失控，这是我后来才听说的。一次是因为管理人员恶意克扣改造对象的食物，在他们收工赶到食堂的时候，已经将他们当天应该能够吃到的肉包藏起，并声称已经卖光。排在父亲前面的那几位难友都默不作声地离开了。轮到父亲的时候，他坚持要管理人员将他们应该能够吃到的肉包拿出来；遭到拒绝之后，他更是愤怒地将饭碗砸在案板上。还有一次是管理人员故意欺负苏伯伯，在寒冷的天气要他潜到水库底下去查看什么情况。父亲当场勃然大怒，揭穿了这种恶意之后，更是自己跳进水库，替苏伯伯完成了其实根本就是多余的查看……我在《爸爸八十八》里曾经写到父亲那一次对我拳脚相加，那是我对二十六中那一段生活最清晰的记忆之一。其实，父亲因情绪失控而失手的时候极少，他通常是因情绪失控而失言。他最爱骂我们的一句话是“没有一点家教”。每次听到他这么骂，母亲就会很不高兴地提醒他说：“你这不是在骂你自己吗?!”我觉得母亲的提醒非常“逻辑”。而听到如此的提醒，父亲也会戛然而止，似乎是认同母亲的提醒。而有意思的是，在下一次情绪失控的时候，他必定也会失忆，并且再一次失言。面对他搬起的同样一块“石头”，母亲自然还是会再一次提醒说他将会砸到的是自己的脚。父亲当然又会戛然而止，直到下一次情绪失控……这分明是恶性循环，而我却感觉它像是良性循环，因为它一次一次向我展示语言的逻辑或者说语言的魅力。换句话说，每当看着戛然而止的父亲那气急败坏却又不知所措的表情，我对他的下一次失控、失忆和失言就充满了期待。

这个学期的“通知书”没有被保存下来。我想这应该是1974年年初那次搬家导致的丢失。大概是在寒假开始的时候，父亲的未来已经明确：他被安排去位于雨花亭十字路口东南角的长沙拖拉机配件厂任职。这是我们家在那个寒假里得到的第一个重要消息。它意味着我们将再一次搬家，更意味着我人生经验里的一个巨大空白（工厂生活经验的空白）很快将被弥补。而在大年三十的晚上，我母亲的二弟弟突然到来。他带来了我们家在那个寒假里的第二个重要消息：他做父亲了！他的妻子在当天下午生下了一个男孩。这是我外婆一家在将近十年的间歇（也就是我出生）之后第一次迎来繁衍的喜讯。这也是我外婆本人在将近十年的间歇之后再一次经历“小眼睛”的悲剧。

四年级上学期（1974年春季学期）

春节过后正式上班的那一天，父亲骑车带着我来到长沙拖拉机配件厂。从进入工厂大门的一刹那，我就已经感觉到工厂生活的“火热”与“沸腾”，也意识到自己的生活即将发生革命性的变化。父亲首先到位于工厂办公楼二层的组织科报到。他在办公室与矮胖的科长交谈的时候，我望着房间中间火炉的外壳上铸制的“长拖”两个字，觉得非常好玩。我意识到这两个字反着读的意思应该是尽人皆知，而顺着读大概就没有几个人知道它的意指。而因为正坐在长沙拖拉机配件厂组织科的办公室里，我当然知道。事实上，办公室的桌椅和茶具上也都印有“长拖”的字样（茶具上的是黑色，桌椅上的是白色）。它显然就是“长沙拖拉机配件厂”的简称。我关于语言的思考并没有就此止步。因为从父亲与科长的交谈里，我听到的简称却是“拖配”。我至今也不知道公用物品上的简称为什么会与日常生活中的简称有如此大的区别。这或许就是“书面语”与“口头语”的区别？更有意思的是，位于雨花亭十字路口北面那家工厂的全称是“长沙电机厂”。它却不可能被简称为“电机”或者“电厂”。在日常生活中，它的简称就叫“长电”，我相信这与他们正式的简称是一致的。而稍远一点还有长沙水泵厂和长沙锅炉厂，它们的正式简称是什么呢？总不至于是“长水”和“长锅”吧。而在日常生活中，偶然听有人简称说“水泵”，但是从没有听人简称说“锅炉”，通用的说法是“水泵厂”和“锅炉厂”。语言学里面有“约定俗成”之说，意思是语言的使用通常就是出于习惯，并没有什么道理。而从在1974年春节之后就进入我的视野的这个“简称”的问题，我相信任何的约定俗成都可能还是受一些规律的制约，有一定的道理。一个“简称”就如此复杂，可以想见，整个的语言将会有多么奇妙。我至今都很感激随父亲一起去“拖配”或者“长拖”报到的那个遥远的上午，它将对语言的惊奇和挚爱牢牢地浇铸在了我心灵的深处。

大约在一个星期之后，一辆解放牌卡车将我们的家从位于东屯渡人民公社辖区内的二十六中搬到了位于韶山路人民公社辖区内的拖拉机配件厂。工厂新的宿舍楼正在建造之中，我们暂时被安排在工厂的招待所安家。那是一幢二层楼的建筑。一层的整个东半边为工厂的保健站占用，与招待所的其他部分完全隔绝，独立的入口在整幢建筑的最东面。而一层的另一半为招待所的客房以及工厂总务科的办公室。它的入口就是招待所的正门，那也是我们平时进出的大门。我们的家安在二层东侧南面的尽头。除我们家之外，整个招待所只有另一户常住的人家，就是与我们相邻的那一户五口之家。它的男主人是工厂机修车间的技术员（按照现在的说法应该是“工程师”）；而它的女主人就在楼下的总务科上班，分管食堂的财务。我从两件事情上感觉到男主人是一个很有野心的人，一是他对我父亲的那种明显做作的接近和奉迎态度，一是他给自己两个儿子取的名字。他们家的老二叫“震宇”，老三叫“震中”，而他们家的老大是女儿，名字也一点都不含糊：她叫“湘曦”。总之，在地理上从本省到全球，在物理上从光学到声学，一家三个孩子的名字可谓“大包大揽”。而女主人也不寻常，她不仅性格泼辣，声音洪亮，还有一种在当时极为罕见的“韧性”，就是每天天不亮就起来，带着三个孩子在韶山路上长跑，通常是往南跑到长沙铁道学院（现中南大学铁道学院）再跑回来。女主人这样做似乎并不是为了配合男主人的野心，而只是为了自己和孩子们锻炼身体。后来她甚至还说动了我。我也跟着他们跑过一段时间。那种经验为我后来每天早起去学校参加宣传队的练功以及再后来坚持长跑应该都是最初的铺垫。

而正对着二层楼梯口的是工厂革命委员会主任（也就是我父亲的顶头上司）穆伯伯的宿舍。其实那只是他偶然在里面午休一下的房间。他从来不锁那个房间，也许是为了方便我们从房间的窗口跳到招待所入口顶部的平台上玩耍吧（现在想来，那是一个多么危险的地方，一不留神就可能从没有围栏的平台上掉下去）。就像招待所里的任何一间普通客房一样，房间里从表面上看不到任何私人物品。不过有一天，我打开书桌的抽屉，看到里面是满抽屉的药瓶。我知道穆伯伯身体不好，但是没有想到他会需要吃那么多的药，感觉非常恐怖，从此也就很少走进那个房间了。还有就是穆伯伯没有右眼，或者说右眼只是一个窟窿。据说那是抗日战争留下的纪念。他当然常年都戴着眼罩。不过有一次我还是碰巧看到那个窟窿，也感觉非常恐怖。穆伯伯身体上的这一缺陷让我在那么小的年纪就对人性有一个神奇的发现。我发现工人们当着面都叫他“穆主任”，而背地里却都叫他“穆瞎子”。他们的这种互换来得非常自然，也从来都没有过错位。这让我隐隐约约意识到人们对权力和权威的“尊重”其实都是表面和暂时的，“当面一套背后一套”才是人之常情。

在“拖配”安家的当天晚上，我母亲就带我去找她在周南中学的同事，住在家属区五栋的周伯伯（在长沙方言里，与母亲同辈却年长不少的女性也叫“伯伯”）。对我来说，这是既有深远意义又有眼前利益的拜访。母亲在周南的许多同事都去过二十六中做客，但是周伯伯没有去过，所以我们已经有一年多的时间没有见过面了。她还是那么健谈，那么幽默，那么“目空一切”。幽默的一例与她为女儿成功“包办”的幸福婚姻有关。我们叫她的女儿“姐姐”，而周伯伯为自己物色的女婿是我们离开前那个学期调入周南中学的一位年轻英语老师（他也毕业于中山大学，专业其实是法语，因为调入中学，所以改教英语)。他与我母亲同事，所以我们自然叫他“叔叔”。可是，“姐姐”嫁给“叔叔”岂不是有悖伦理吗？我们讨论了多种改口的方案，结果都不理想。最后由周伯伯做主，继续维持原状！她借用长沙的幽默说法，说这就叫“乱搞乱发财”。总之，周伯伯家浓厚的文化气氛一下子就同时抓住了我的眼球和我的心灵。在随后的七年时间里（也就是在我整个的青春期)，那里将成为我人生道路上不可或缺的精神家园。这是那首次拜访的深远意义。而它的眼前利益则是周伯伯打下包票，保证帮我和姐姐插班进入砂子塘小学，那是以宣传队和乒乓球等品牌特色著称的名校。

当时较大的国营工厂都有五脏俱全的配套生活设施，“拖配”就有自己的子弟学校。但是我母亲从来就没有将它当成自己孩子的选项，尽管教育主管部门明文规定禁止社会学校招收有子弟学校的厂矿子弟，尽管那些厂矿领导干部的家属更应该遵守教育部门的规定。而且工厂对面（也就是我母亲新调入的二十一中旁边）也有一间没有特色和名气的社会学校（它叫“雨花亭小学”），那也没有被我母亲放在眼里。她从一开始就盯着一点五公里之外的那所名校。她的一意孤行让我和姐姐的寒假延长了将近三个星期。我现在还清楚地记得最后那一天上午，当我和姐姐又爬到招待所入口顶部的平台上玩耍的时候，我突然看到周伯伯的二儿子朝招待所这边走过来。他也很快看到了我们。他马上停了下来，大声告诉我们第二天要去新学校报到。

第二天，我成为砂子塘小学四年级一班的学生。

坐在新学校的课堂上，我清楚地感觉到我的新同学与我过去两个半学期里的那些同学大不相同。砂子塘的东面是湖南化工设计院，北面是湖南中医学院，再往北一点是湖南电影制作厂（现在的潇湘电影制片厂）和湖南矿山设计院……我的新同学里面有许多就是来自这些大院的知识分子子弟。不过，第一天上学令我感觉最为神奇的还是坐在教室右侧第一排的那两个女生，她们发型相同，衣着相同，身高相同……那是我第一次看见双胞胎，更不要说是在课堂上看见。特别好玩的是，老师突然叫她们同时站起来朗读课文。我开心地想，那还能不能算是“异”口同声？遗憾的是，只过了很短的一段时间，那两个一模一样的女生就转学离开了，我甚至都没有机会与她们说上一句话。不过我牢牢记住了她们的名字。六年之后，那两个名字通过《中国青年报》上一篇以整版刊发的报道再次触发我在砂子塘小学第一天的神奇感觉。报道以《比翼双飞》为题，聚焦那对双胞胎以相差一分的总分被北京航空学院录取的奇闻。我自己在一年之后也考入同一所大学，而且还就读于其中一个正在就读的计算机科学与工程系。也许是不想破坏童年时代的那种神奇感觉吧，在同校的那三年时间里，尽管有不少的机会，我也始终没有与我这两位长得一模一样的同乡说过一句话。

这个学期的“通知书”里有不少值得琢磨的细

节。首先来看成绩部分，它记录的平时成绩是语文95分，算术90分。这没有什么悬念。它记录的期中考试成绩是语文88分，算术90分，这也还说得过去。但是，期末考试的成绩就有点奇怪了：语文81分，算术78分。我现在看到这个成绩当然会感到不可思议。而更不可思议的是我对自己小学阶段曾经有过这样的期末考试成绩竟然毫无记忆。这只能说明三点：第一，我的老师根本就不在意成绩，否则她的责备一定会变成我的记忆；第二，我的母亲根本就不在意成绩，否则她的愤怒一定会变成我的记忆；第三，我自己根本就不在意成绩，否则我的羞愧一定会变成我的记忆。这三方共同的“不在意”真的是一个孩子难得的幸运！这三方共同的“不在意”也真的是一个孩子应得的幸运！因为它让孩子在成长过程中淡漠功利，无视“算计”，远离焦虑……对儿童的成长来说，还有什么比这更重要的呢?!

接着再来看老师的鉴定：“能积极参加学校各

项活动。热心学校宣传队的排练活动。学习认真。善于开动脑筋。大胆回答老师的提问。爱阅读课外书籍。劳动态度好。团结同学。希以后要加强学习毛主席著作，戒骄戒躁。在家里要尊重姐姐，和姐姐也要搞好团结，使德智体几方面都获得更好的发展。”注意，原件里本来也没有句号。是为了条理清晰，我在抄录过程中特意将中间的大多数逗号和最后的那个小点都改为了句号。还有，“希以后要”也无疑是赘语，去掉“希”和“要”字中的任何一个读起来都会更流畅。不过，与这个“学期鉴定”透露出的新意相比，这些都是不值得过于在意的琐屑。这里有三点与我的成长密切相关的新意：第一，“热心学校宣传队的排练活动”。宣传队是砂子塘小学的品牌。能够成为学校宣传队的一员不仅对我整个的高小阶段，而且对我随后的人生都有很大的意义。关于这“意义”，我会在下面的叙述里详细谈及。我现在先说自己是如何“成为”宣传队员的吧。我的“成为”既没有经过试唱，又没有经过试跳，实在是过于即兴，过于偶然。那好像是在下半学期一天上午的一节语文课上，宣传队负责舞蹈的老师突然走了进来。班主任老师应该是预先知道这个“突然”，她要全体同学都站起来。负责舞蹈的老师在教室里走了两圈，最后站在我面前，上下打量了一下，然后指着我对班主任老师说：“他！”就这样，我就成为了学校的宣传队员。后来我知道每年在六年级同学毕业前夕，宣传队都会从三、四年级的各班挑选新的演员来补缺。我是我们班唯一的选项。我不知道那位舞蹈老师到底看上了我的什么。但是，我清楚地知道她一定没有看到我“心灵的窗口”，也就是说她的选择带有“渎职”的嫌疑。第一次参加宣传队活动的时候，我就被身边清一色的男女“明窗”怔住，泄气地意识到自己是不可能迷人的“异类”（我相信读者能够看懂这个其实不是调侃生理器官而是调侃文学标签的“梗”）。

第二点新意是“爱阅读课外书籍”。这是关于我“爱阅读”的最早记录。我曾经多次说过我大约在十岁左右开始“海量”的阅读。那只是我凭借记忆给出的说法。现在终于在1974年春季学期的通知书里找到这样的记录，用现在的话说就是“坐实”了。不过这时候，我的这种“爱”应该还没有引起我母亲的重视。她将我介绍给二十一中图书室的老师，让我开始在那里勤工助读应该是一年之后的事情。而我的这种“爱”也应该还没有引起周伯伯的关注，以她家为中心的那个地下“移动图书馆”还没有向我正式开放。我当时最主要的书籍来源是自己的购买。在放学的路上，经过砂子塘居民点的“商业中心”是不算绕路的选择。那里的百货商店里有一个卖书的专柜。我会定期去那里查看有什么新的到货。《西沙儿女》等书就是我从那个柜台买到的。在沿着韶山路东侧回家的路上（当时路边种的是樟树），一边走着一边读着新买的书籍，那是我进入少年时代的标志，也是我少年时代最大的享乐。而这种获得书籍的方式也让我开始懂得了“金钱”的价值，萌生了朴素的商业意识。这在后面还会详细谈到。

通知书里的第三点新意是暴露了我对姐姐的不“尊重”和我与姐姐的不“团结”，也就是外扬了家丑吧。这当然不会是出于我自己的招供，而应该是出于我家人（应该我母亲）的举报。其实这对我并不是新的情况。2018 年 11 月 19 日，也就是上一次离开深圳的前一天，我应邀给深圳一所中学的班主任老师做过一次讲座。讲座的开始，为了展示一个未来的“大作家”小时候的日记可能会写得多么无聊多么平庸，我特意带去自己小学时代的日记，念了其中的几段。我这么做当然是希望在场的班主任老师们千万不要因为日记的无聊和平庸而低估学生的文学天赋和写作潜力。那本日记里就曾经出现我与姐姐打架的记录（那应该算是其中最不无聊和最不平庸的记录）。因此，对姐姐不“尊重”和与姐姐不“团结”的确是当时的实情。而我之所以觉得通知书的爆料仍有“新意”是因为我没有想到这实情竟然已经达到要被家长举报和要被老师敲打的程度。我至今也没有接受老师的批评，不是因为我不想去接受，而是因为我不可能接受。我曾经说过我与我姐姐是包括性别在内的“一切方面的对立物”。这自然是玩笑的说法，但是它贴近现实。就从社交这一点来说吧，我的朋友圈小到几乎不存在，而她的朋友圈大得几乎无边界。这样的两种人怎么可能会有相互的“尊重”和互相的“团结”呢?！或者说将这个设问变成一个真正的问题：这样的两种人怎么才可能通过“尊重”而达到“团结”呢？这大概是比俄乌冲突还要难以解决的问题。好在这个难题从来就没有被我姐姐放在眼里，她总是想方设法“尊重”和“团结”我，不断地将我根本就不想看到也无需看到而她认为我应该看到甚至必须看到的各种垃圾信息抄送到我的邮箱里，让我感觉“尊重”是一个虚词，让我感觉“团结”是一种灾难。

生活质量的提高是这一时期的明显特点。它还是始于炉灶。有一天下午，父亲用自行车拖回来一些金属物品，其中最显眼的就是挂在后座一侧的那只大铁罐。当天晚上，我们家就用上了煤气炉。我当然觉得它很新奇，而在当时却并不知道它是多么的“难得”。很多年之后（也就是煤气炉已经进入大多数城市家庭）的一天，我到煤气公司去办理什么手续。工作人员翻开我递过去的煤气本，马上就抬起头来，用诧异的目光看着我。我以为是煤气本出了什么问题。没有想到他接着又用惊叹的语气说我们家是长沙市最早的煤气炉用户之一。我好奇地问他怎么知道。他指着煤气本上的用户编号说“现在”的编号已经达到五位数，而我们家煤气本上的编号是两位数，那是他第一次看到编号为两位数的煤气本。我的脑海里顿时浮现出在那个遥远的下午父亲用自行车驮着煤气罐回家的喜悦。在1974年的长沙，那种夹杂着父爱的喜悦原来还是一种特权的标志！

另一个多少也可以视为类似标志的是高压锅。与深藏在关系网后面的煤气炉不同，高压锅是可以在市场上买到的。但是因为刚刚上市，它的价格昂贵（相当于一个普通工人大半个月的工资吧），无疑也是厨房里面的奢侈品。那一天，我们一家人去红色剧院看由湖南省话剧团演出的关于长征的话剧《万水千山》。位置很好的戏票是熊伯伯送的，他在里面扮演一位红军指战员（好像是红四方面军的吧）。那是我第一次看见一位熟人在戏剧舞台上出现，感觉都十分魔幻。而更为魔幻的是，在进入剧场之前，父母亲先带我们去了对面的中山路百货大楼。那是当时长沙市最大的百货大楼。他们显然是早有预谋，所以直奔出售高压锅的柜台，毫不犹豫地就买下了我们家的第一个高压锅。那天晚上，我就是紧紧地抱着那只高压锅，跟随舞台上的红军战士一起经历了革命的惊涛骇浪，走过了历史的万水千山。

而"特权"其实只是提高生活质量的辅助力量。生活质量的迅速提高主要得益于"五脏俱全"的国营工厂提供的那些公共服务，那些服务对所有职工和家属"平均"开放，大多十分廉价甚至完全免费，充分体现了社会主义的优越性。七十年代中期到八十年代初期那些年真是国营工厂的黄金时代。我跟随父亲去报到的那一天就已经对这“黄金”的成色有了初步的认识。而在随后将近五年的时间里（我们家在1979年的秋天搬出工厂家属区，搬到对面的二十一中校园里），我像工厂里所有的职工和家属一样享受着这些公共服务。先说工厂的食堂吧。与之前那些学校的食堂比，工厂同时开有上十个窗口的食堂就像是一个大剧场，不仅供应总是五花八门，气氛也总是热闹非凡。我尤其喜欢那些用强大的蒸气和巨大的蒸笼做出来的面点和菜品，那是家里怎么也做不出来的。而工人们在“剧场”里的对白总是那么顽皮，总是那么幽默，总是听得我心旷神怡、浮想联翩。再说工厂的澡堂吧。我们从前一直都是在家里（通常还是坐在木脚盆里）洗澡。工厂的澡堂将我们从脚盆的束缚下彻底解放出来。第一次走进工厂的澡堂，我的感觉一半是震撼一半是尴尬。震撼的是它那么大，一共有三条由大约是一米二见方的隔断（没有门）排列而成的通道，两侧通道的隔断对着墙，中间通道的隔断面对面，总共大约有上百个这样的隔断吧。另一个令我震撼的是热水也定点敞开供应，直接从喷头里“自来”。尤其是在冬天，走进澡堂就如同是走进云雾缭绕的天国，感觉十分奇妙。而尴尬的当然是自己的身体刹那间就暴露于公众的视野。高峰的时候就更加尴尬，因为肯定会出现两三个人共享同一个隔断和喷头的情况。这当然就会牵涉到另一个与身体相关的“大小”问题。而且不知道哪一天，这暴露在公共视野下的问题（不管是“大”还是“小”）有可能突然就会变为绰号或者笑柄。还有就是工厂的理发室。在周南中学居住的时候，我剃头的地方是北正街上的那家理发店，而在二十六中居住的时候，理发师是我的父亲（理发是他从“干校”学回的另一门手艺）。在工厂的理发室剃头既不像在家里剃那么私密，也不像在街上剃那么商业、那么冷漠。在工厂的理发室里，从师傅到顾客都是熟人，因此总是有各种各样的话题在房间里缭绕。更有意思的是，大家的眼睛也都在说话。因此，一个新的顾客走进来，大家一转头，正在进行的话题就可能突然中断。我的情况就很敏感，我在场的时候，话题一般就不可能涉及工厂的领导，更不要说我父亲本人，偶然涉及也当然只会是“当面”的那一套。而工厂的娱乐生活对生活质量的提高更发挥了特殊的作用，尤其是每周一场（有时候甚至是两场）的电影（夏天在露天，冬天在礼堂）以及每年一轮的全市国营工厂篮球联赛。后者可以说就是我们那一代国营厂矿子弟心目中的NBA。

在家庭的内部，生活质量的提高还有另一个有趣的标志，就是我和姐姐都有了自己的业余爱好。姐姐至今热爱音乐，退出商海之后的主要社会活动就是在伦敦一个老牌的会所负责组织音乐会，扶助年轻艺术家。而她的这种热爱大概就发源于我们刚搬到“拖配”的时候。她当时突然有学习乐器的冲动，不知道是受谁的影响，首先瞄上了扬琴。因此，扬琴成为继我学过两天的二胡之后进入我们家的第二种乐器（后来我姐姐还学过几天小提琴和几天钢琴）。而我受砂子塘小学一个同班同学的影响迷上了养蚕。这碰巧又成为我能够享受“特权”的爱好，因为“拖配”离我父亲从前工作过的湖南林业学校不远，他经常会去那里见他的老同事，顺便总是会从那所树木繁茂的校园里给我摘来优良的桑叶。有这样的“特权”，我的蚕吃得饱、长得快。接着是吐丝、作茧、变蛹、化蝶……第二年春天，保留在纸盒里的蚕卵又开始进入新的轮回之途，我也开始呵护和见证新的生命之旅。

四年级下学期（1974年秋季学期）

招待所楼下的保健站也应该算是生活质量提高的一个标志。从前我们居住的校园里都有医务室，不过它们都只是一个房间和一名校医。而“拖配”保健站的规模却相当于如今的社区医院，有十多个房间和十多位医生护士。而且它还是中西医结合的机构，有的医生是根据脉象和舌苔来诊断病情，有的医生依赖的却是体温表和听诊器。总之那些年里，我的所有病痛都能够在那里得到及时的诊断和处理，直到后来视力开始下降，我才需要去大医院求助。现在想来，当时几乎所有的病痛其实都没有必要去保健站就医。而我却很喜欢去，有一点小毛病就去，好像是刻意去体验生活。我尤其喜欢被那位姓“蔡”的老医生号脉。据说他是来自国民党时期的留用人员，原来其实是专业的兽医。如此特别的背景自然让我对他相当好奇。他的外表也很特别：个子瘦高，一头银发，浓眉大眼……看上去非常神气，实际上却又非常随和。不过在1974年暑假里那个烈日炎炎的中午，我慌慌张张地奔向保健站却是因为捅了大娄子，却是绝对必要的急诊。在那之前的一分钟，我还在招待所后面堆放垃圾的荒地上玩耍。突然，前方那棵枯树上的马蜂窝引起了我的注意。我完全忘记了自己一年前遭遇的“癞蛤蟆事件”，捡起一根枯枝，朝马蜂窝捅过去。不计其数的马蜂顿时飞散，而其中的一只竟以迅雷不及掩耳的速度直扑我的前额。我开始感到的只是一点刺痛，可随之而来的却是持续的剧痛，而且前额上也立刻长起一个大包。我知道自己再一次遭受了大自然的报复，迅速朝保健站跑去……从那之后，我就变成超级慈悲的东郭先生了，走在路上见到了蚂蚁都会小心绕开，也不知道最后是否真能够得到善报。将近半个世纪之后，那一次荒诞的急诊也被我写进小说《初恋》，成为一种文学的魔幻。

这个暑假还发生了另外一件极为荒唐的事情，它与这段回忆的主题更是密切相关。从前迷恋“样板戏”的时候，我就已经意识到“浓眉大眼”是成为主要演员的必要条件，却没有因此产生对现实的不安和对前途的忧患。而进入宣传队，举目望去，那没有例外的大眼睛俊男靓女，马上就让我感到了生存危机。正好我姐姐最好的朋友又来我们家小住。她自己长得漂亮，因此也对美容有较多的知识。她告诉我们，只要坚持用指尖刮上眼皮，就能够将单眼皮刮成双眼皮。我们马上尝试，效果当然可称是立竿见影，而那幻影同样可称是转瞬即逝。我姐姐从来就缺乏耐心和恒心，坚持三天就放弃了。而我不仅因为的确有工作的需要，还因为牢记着“愚公”的精神，所以坚持了较长的一段时间。

直到有一天，刮着刮着，我突然意识到，移山和美容完全是不同性质的事情。简单地说，“山”是客体而“容”是主体。愚公之所以决定移山是因为他相信自己死了之后，儿子们会接着移，儿子们死了之后，孙子们又会接着移……而我自己死后，谁还会小瞧我的“小眼睛”呢？更何况“死人的事是经常发生的”，谁知道我自己什么时候会死呢？！经过这一通胡思乱想，我对任何美容的企图就都失去了兴趣，而且是永远失去了兴趣。

其实我从来没有因为“心灵的窗口”没有达标而在宣传队遭受过任何的歧视。而且那个学期，宣传队新节目的音乐部分还在主管夏老师的头脑之中，演出使用的还是从前的节目单，我们那一批新队员只是加入了宣传队的合唱队，还没有进入其他的角色。遇到比较重要的演出任务，夏老师一定会将已经进中学的两位主要演员招回来。由他们扮演郭建光和沙奶奶的那一场戏是宣传队的重头戏（有意思的是，那位我当时只能“眺望”的沙奶奶后来因为与我姐姐在雅礼同学而成为我们一家人的好朋友。中学毕业之后，她先是在湖南电影制片厂工作了一段时间，然后考入浙江美术学院油画系，毕业后被分配到《中国建设》杂志社做美术编辑。商业大潮到来之后，又下海进了一家房地产公司)。我们合唱队曾经在长沙市最好的那些剧院（如湖南剧院和红色剧院）表演。“红艳艳的木棉在南疆开放，壮家的少年在红旗下成长”和“车轮飞汽笛叫，火车向着韶山跑”一类带有浓厚童趣的红歌是我们的主要曲目。不知道是因为身材之高还是因为水平之低（或者两者兼而有之吧，但是肯定没有因为眼睛之小)，我总是被安排站在合唱队最后一排靠边的位置。后来学到“滥竽充数”这个成语的时候，我马上就想到了自己当年在合唱队的固定位置，对南郭先生当然多少还是会有点怜惜。

真正引起我兴趣的其实并不是宣传队里的俊男靓女，而是那些直到进入比较正式的排练阶段才会出现的乐队队员。他们的到来总是让我非常兴奋。

毫无疑问，这仍然应该算是“对青春的好奇”。我不记得他们准确的人数，最多的时候大概有将近二十位吧。这些业余音乐家都是夏老师的朋友，当时他们的年龄应该都是在二十五岁左右。其中给我留下最深印象的是那矮个子的第一小提琴手和那高个子的长笛手。前者也戴着白框的眼镜，就像我在二十六中遇见的王一江。不过，他的脸上从来没有笑容。我不知道那是因为音乐还是因为生活。而与他严肃的表情绝配的是，他在春秋两季总是穿着一件很旧的黑灰色呢子中山装。从那“旧”的程度判断，我相信那应该是他父亲曾经穿过的衣服。而在他父亲年轻的时候，那无疑是正式又贵重的衣服。我很想知道他父亲是谁，当然更想知道他是谁。直到现在我还有这种好奇。而那位长笛手与他正好相反，爱说爱笑，也擅长说笑话，让我感觉就像是那种我每天都遇见的普通工人（很可能真是这样，因为我们工厂里就有几位音乐方面的能人）。而且他的衣着也非常普通，不过他长年戴着一顶鸭舌帽，那大概是唯一能够显示他艺术家气质的标志。当年活跃在长沙的音乐爱好者里有一位后来成为举世闻名的专业音乐家（作曲家），他会不会也是那个让我感觉神奇的乐队里的一员？2005年我特地带着这个问题回长沙找到了阔别近三十年的夏老师。他的回答是否定的。按照他的说法，我们那位著名的同乡比他们那一批人要“小一辈”。“一辈”是夸张，“小”是事实，而且是关键性的事实。这让我不得不再次感叹“时点”对人生的重要。在恢复高考的那一年，夏老师他们那一批人的年龄不仅已经超越浪漫的边界，也已经压到政策的红线。他只能别无选择地报考中医学院，最后继承父业，成为了中医学院附属医院的一名中医。我们近三十年后重逢的地点就是在那家门诊部大厅专家咨询台的旁边。

这个学期通知书里的奖惩记载栏里有“本期被评为热情宣传毛泽东思想的积极分子”的记载，这对于一名宣传队队员当然没有什么悬念。而通知书里首次出现的“出勤记录”也足以反映出我的积极程度。如果不是因为我在宣传队的积极，那“迟到20次”和“事假15节”的记录一定会引起家长的担忧和老师的警觉。有意思的是，我自己对如此规模的“迟到”和“事假”完全没有记忆，只是合理地推断它与我的“积极”有关系。学习成绩也同样应该是这种积极的一种反映：平时成绩语文95分，算术空缺；期中成绩语文74分，算术83分；期末成绩语文92分，算术88分。尤其是期中成绩，如果是放到现在，家长和老师之间不知道会要通过微信交换多少轮担忧，学生本人也不知道会要承受多少由这种担忧转变而来的压力。这种担忧和压力没有保存在我的记忆之中。保存在我的记忆之中的只有那清脆悠扬的童声合唱，只有那“在红旗下成长”和“向着韶山跑”的快乐和喜悦。

而学期评语也从另一个方面证实了这种“快乐和喜悦”：“通过批林批孔运动和向周海斌学习的活动，热爱集体，能关心同学，团结同学，积极参加宣传队的活动，热情宣传毛泽东思想，经常给同学讲革命故事。但是后阶段对自己有些放松。希以后要更严格要求自己，改正缺点，发扬优点，争取做一个周海斌式的优秀红小兵。”这段评语的第一句仍然是典型的病句。不过，现在还是不要再去苛求写出这种病句的小学语文老师了吧。值得注意的是这个病句传达出的“快乐和喜悦”的情绪！甚至随后提及的缺点都与这种情绪有一定的联系：“对自己有些放松”不就可以视为是“快乐和吸引人”的正常结果吗？还有一些细节也值得注意：那个时候的“英雄”就如同现在的明星，突然之间就会冒出来一个。他们往往会成为记忆的向导。这里提及的“周海斌”应该就是这样突然冒出来的明星。不过，与之前的张铁生或者之后的黄帅那种大明星不同，他徒有其名，我完全不记得与这个名字相关的英雄事迹。事实上，我对这个名字本身也毫无印象。因此，它不可能将我的记忆引向更深的地方。

而“经常给同学讲革命故事”的评语让我马上

想起了我们班上那两位成绩和表现堪称并列最差的同学。他们是姓“桑”的两兄弟。与上学期转走的那一对女生不同，他们不是双胞胎。那个看上去老气横秋的哥哥是因为不断留级最后才变成了弟弟的同班同学。不知道为什么，在这个学期，我与那个弟弟的关系变得极为密切（我现在突然想到一个好玩的解释，也许是他们的姓与与我当时养蚕的爱好有天然的联系吧）。我甚至多次去过他们在砂子塘居民点的家里。那是一个名副其实的单亲家庭。家里很脏、很乱、很差。在那样的环境下看到他们的母亲，我能够清楚地感受到她生活的艰辛和她对生活的绝望。兄弟俩的眼睛都很大，不过那个哥哥的大眼睛里更多地透出的是匪气，而弟弟的大眼睛里更多地透出的却是灵气。哥哥的确是有点愚钝，言辞不仅不多，还索然无味。而弟弟却总是滔滔不绝，还鬼点子成堆。那时候，砂子塘居民点一带有不少的“流氓集团”在活动，社会风气非常不好。那个弟弟对那些团伙的情况好像了如指掌，因此经常向我报告耸人听闻的“内幕”，其中一半的内容非常流氓（经常会涉及女性的隐私部位），而另一半的内容又相当暴力（经常会出现“三角刮刀”之类的伤人利器）。那是我关于“看不见”的城市（或者按通常的说法，就是社会“阴暗面”吧）最早的信息来源。说实话，我完全不记得自己曾经给同学们讲过什么“革命故事”，但是我很可能向他们转述过我从那个故事讲得绘声绘色的弟弟那里听来的那些天下奇闻。

与“周海斌”这个陌生的名字相反，“批林批孔”运动将那个时代猛然拉近放大。我很高兴班主任老师在评语里提及它，哪怕是在一个病句里提及。不过，这里的提及马上又让我产生了另外一个问题，这场运动是1974年年初开始的，为什么春季学期的评语却没有提及？这有可能被当成一个心理学的问题来回答：它被班主任老师疏忽了。这也有可能被当成一个社会学的问题来回答：它说明一场自上而下的社会动员需要足够的时间才能够波及

“小学文化程度”。而因为工人阶级的先进性和革命性，我这个敏感的小学生不需要等待那“足够的时间”。因为工厂食堂对面有一面大约二十米长的布告墙。那里平常是用来张贴电影消息、篮球赛事和“依法判决”之类日常生活资讯的地方，从1974年的春天开始，它的上面却布满了“批林”的檄文和“批孔”的漫画。我出生在“四清”运动的高潮中，我出生两年之后，神州大地又迎来了史无前例的“文化大革命”……而“批林批孔”运动才真正可以说得上是我亲身经历和参与的第一场政治运动。我就是在这“第一场”的高潮中迎来了自己十岁的生日。我也在这“第一场”的高潮中看到了“周游列国”的尴尬和“克己复礼”的坎坷。当然还有“是可忍，孰不可忍”！初听起来这句话让我感觉说话人很傲慢，细想起来这句话让我感觉说话人很绝望。

不知道是受到政治运动轰轰烈烈的撩拨还是宣传队生活沸沸扬扬的引诱，我开始萌发对别处生活的想象，也开始产生与远方联系的冲动。与远方联系的基本手段当然就是互通书信。将近三年前（1971年底），我曾经写下一生中的第一封信。不过，那写给父亲的信是在母亲的授意下完成而且也是夹带在母亲的家信里投寄的。而我这一次的冲动完全出于自发：我不仅是自己想写信，而且要自己写信封，而且要自己贴邮票，而且要自己投邮筒。那么，这样的一封自己想写的信应该写给谁呢？没有经过太多的犹豫，我就确定了收信人：我外婆最小的弟弟的最小的儿子，比我大不到两岁的表舅，一个大眼睛的男孩。我选定他至少有这些理由：首先，我从来没有将他视为长辈；第二，家族里流传着许多关于他“绝顶聪明”的故事，我感觉他是与我关系最近的神童；第三，他住在哈尔滨！那在当时是八分钱的邮票可以将我带往的最远的地方；第四，我们曾经有过一面之交。像许多居住在东北的孩子一样，1970年春天，在中苏关系高度紧张之际，他曾经被林副主席著名的“一号号令”疏散。

他回到了宁乡老家，在大姑妈（我外婆）家的茅草屋里生活过大半年，还在当地的乡村小学就读。1971 年初返回哈尔滨的途中，他曾经在周南中学短暂停留……总之，信很快写好寄走。关于这个部分，我几乎没有记忆。而历历在目的情景出现在大约两个星期之后：那是在一个课间休息的时候，我正和两个同学在过道里追打，班主任老师突然急匆匆地走到我的面前，将一封信递到我的手上，并且用好像是难以置信的语气说："怎么会有人给你写信?!"那是我第一次看到一个写有我名字的信封！那是我第一次收到别处和远方对我的回应！我的脸上也出现了难以置信的表情，而围拢过来的同学也都用难以置信的目光盯着信或者看着我。在随后的整整三十年时间里，我写过数以千计的书信，与我通信的有比我年长半个世纪的老人和比我年轻二十岁的少年，我的书信也曾经寄往世界上的许多国家和城市，而我的文学梦想也正是乘着书信的翅膀成为了飞翔的现实。遗憾的是，大约是在 2004 年的春天，也就是在我进入“不惑”之年之际，书信这种联系方式就基本上退出了人类历史的舞台以及我个人的日常生活。

轰轰烈烈的“批林批孔”运动并没有阻止生活质量提高的步伐。我母亲的视线从厨房移到了卧室，她已经厌倦从公家租借家具的日子，开始想拥有一套自己的家具。她的这个想法正好与现实合拍：她的小弟弟已经不再是“生产队的放牛娃”。大约一年前，他去江永师从自己的二哥，学到了木匠手艺，此刻正准备自立门户。为自己的大姐打造一套包括大衣柜和五屉柜在内的家具正好是一次难得的机会。创业的地点就在招待所二层楼梯口旁的空地上。不记得总共用了多少工时，只记得那时候每天放学回来都能够欣喜地看到“作品的进展”，这与后来在文学生涯里的创作经历多少有点类似。而这时候，我的这位小舅舅也不再“一声不吭”了，他甚至愿意谈论自己当年作为少先队大队长的“显赫”，他甚至愿意唱起“让我们荡起双桨”，他甚至愿意复述自己当年着迷的那些电影，比如《青年鲁班》，比如《大李、老李和小李》。我们家的第一套家具有不少缺陷，印象最深的是大衣柜的门不能开关自如。不过这对我并不重要。对我重要的是，母亲同意将五屉柜最下方右侧的那个抽屉留给我做“藏书”之用：我的书也终于有了自己的“家”。

接下来的寒假，我母亲的大弟弟（我们的大舅）又从太原回来了。大舅其实每年都回来。在“文革”的高潮中，趁生产全面瘫痪之机，他甚至回来在周南校园里长住过一段时间。不过关于大舅从前的那些回来，我只有愉快的记忆：比如“八家湾”的一个孩子误将“太原”当成“太阳”，以为他真是来自太阳，对他仿佛有日神崇拜，整天叫着“太阳舅舅”，跟在他的身边；比如有一次回来，他的嘴里突然多出了一颗银色的假牙；比如他很爱时髦，头发总是梳得锃亮，出门也必然穿戴上假领；比如他总是会提到“石家庄”，他说那是他换车的城市，而我总觉得它是一座比“八家湾”大不了多少的小村庄；最有意思的是大舅外衣上夹带着的那种气味，那种回来很多天和洗过很多遍都不会消散的气味。我称那是“舅舅味”。母亲说那是长时间乘坐火车染上的气味。母亲的这种解释让我从小就对乘坐火车到远方旅行充满了好奇。换句话说，我也想自己的身上能够散发出类似的气味……而大舅这一次回来带给我的却有两段刻骨铭心的“创伤”记忆。一是刚回来的那一天，大舅在整理行李的时候拿出一件八成新的夹克让我试穿。那是他特意带回来的旧衣服。而那却是我第一次穿上常听人说的“夹克”，感觉它非常时髦也基本合身。我尤其喜欢可以从衣服下摆处一直拉到领口处的长拉链（这“尤其喜欢”也可能与我从小就有的那种对纽扣的奇怪反感有关）。没有想到，正当我得意非凡之际，大舅却要我将衣服脱下来，并且说那是他特意带回来给我小表哥的。他接着又说他自己本来还能够穿也喜欢穿这件旧衣服，不过想着小表哥家的生活条件差，小表哥本人“很可怜”，所以还是决定带回来送给他。看着大舅将衣服重新收进旅行包里，我突然有一种被欺骗甚至被遗弃的感觉，也就是感觉自己“很可怜”……还有一天，大人们在忙着准备晚餐的时候，我不知道怎么与母亲发生了冲突，最后赌气躺在床上，背对着墙哭了起来。我以为等饭菜上桌，母亲就会劝我起来。没有想到，她不仅自己没有劝，还不允许父亲和大舅劝。而那天正好又是大舅掌勺。我一直都很喜欢吃大舅做的菜，也知道他那天要做“木须肉”。闭着眼睛，流着眼泪，忍着饥饿，闻着菜香，咽着苦水，听着大人们若无其事的咀嚼和谈笑，我再次感觉自己就像是一个被遗弃的孤儿……我睁开眼睛的时候已经是第二天的清晨，我的身体并没有不适之感，而窗外飘动的雪花也温情地掩盖了我心灵遭受的“创伤”。

在我外婆三个小眼睛的儿子里，大舅是唯一的“幸运儿”，幸免于大时代的各种冲击。他初中毕业之际务实地选择了报考中专，学成之后又被顺利地分配到太原重型机械厂技术科工作。在我外公离职返湘之际，因为已经完全独立，他不需要跟着一家老小在“三大差别”的窄道上倒行逆施。因此，我也从来没有听到过他对社会的抱怨以及对自己大姐的抱怨。而我母亲另外的那两个弟弟从我出生的那一年起就充满了抱怨。小弟弟主要是抱怨大姐。他相信在自己被命运之神从“少先队的大队长”降格为“生产队的放牛娃”的整个过程中，她不仅没有力挽狂澜，还有可能“助纣为虐”；而二弟弟主要是抱怨社会。他这样做似乎有充分的理由：因为1964年正好是他高中毕业的年份，而那一年也正好是极“左”的“桃园经验”被推向全国的年份。前者让他如愿参加了高考并取得优异成绩，后者却使他无缘获得录取并只能“上山下乡”。他原来的理想是成为一名救死扶伤的外科医生，结果却先是成为一个“修补地球”的知识青年，最后成为一个推刨拉锯的“青年鲁班”。我相信我这位二舅最后的结局是我外婆在孕育、哺育、养育和培育他的所有过程中都无论如何不可能想到的。而我们家这第一位木匠在遭受命运“致命”打击整整六十年之后的2024年又以出其不意的速度患病离世，成为我外婆五个孩子里最早的“掉队”者，这大概也是我外婆不可能想到的。总结这位舅舅（以及与他同龄的所有那些“失败者”）的一生，我想最令人（包括他自己）能够接受的定论莫过于“生不逢时”。

五年级上学期（1975年春季学期）

“拖配”家属区的新宿舍（“七栋”）在1975年春天竣工。它是当时家属区里最高的建筑，共有五层。它也是当时家属区里最长的建筑，共有四个单元，每个单元二十家住户（每层四户）。它的每层有一个公用厕所和一个公用浴室，两者都呈正方形，面积相同，应该不足一平方米。每层靠近楼梯的是一居室住户，两端是两居室住户。各户都有自己的厨房，这应该是新宿舍最大的优点。我们家分到的是最西边那个单元三层西边的那一套。这显然不是与“特权”有关的结果。或者应该说这正是与

"特权"有关的结果吧，因为我父亲就是为了起模范带头作用，利用职权，主动挑选了没有人愿意要的"当西晒"的一套。他因此也获得了职工们当面和背地的一致称赞。那是我第一次听到"当西晒"这个词。这个词也成为迄今为止我最牢固的房地产"知识"。在搬进新居之后不久，通过长沙盛夏的"火炉"之烈，我对这个词的词义就已经有了最深刻的理解。

我们的隔壁邻居是一对年轻的双职工夫妇，男的个头矮小，是机修车间的工人，好像是刚从部队复员不久，而女的是保健站的护士。她个头高大，比男的要高出半个头。两口子经常吵架，有时候甚至在半夜里吵。他们争吵的内容也非常特别。有一次，我听到男的骂女的"不要脸"，因为她在换乳罩的时候不是小心地躲藏在房间的角落里，而是站在房间的正中，因此有可能被对面新宿舍建筑工地上的人看到（当时几乎没有人用窗帘）。而我听到女的满不在乎地反驳说："看到就看到，大家身上不都是那点东西?!”现在想来，这样的话从一个护士嘴里说出来真是不足为奇，不过当时我觉得非常难听，也好像很理解她的丈夫为什么那么生气。还有好几次，他们因为男的“想要”而女的“不想要”而吵起来。那时候，工厂的高音喇叭里每天在播放关于“三要三不要”的最高指示，其中那三要和三不要的内容我早已烂熟于心，知道它们互相矛盾、彼此对立（比如“要搞马克思主义，不要搞修正主义”）。而我不清楚邻居家男的在半夜里“想要”而女的又“不想要”的是什么，只是我直觉它们是同一样东西。好像是半年后的一天晚上，邻居家又发出很大的响动，却奇怪地没有伴随语言暴力。第二天才知道那是将临盆的女主人送往医院的响动。她顺利产下了一个男婴。这本身并没有令我深受触动。令我深受触动的是他们给那个男婴取的名字。那时候，大家通常喜欢根据正在轰轰烈烈展开的政治运动来给新生儿（尤其是男孩）命名，我认识的人里面就有可按时间顺序排列的“超英”“铁钢”“四清”和“红卫”。而那好像是男婴的外公给他取的名字却是“格知”。如此奇怪的名字不能不引起我的好奇。我问母亲它是什么意思。母亲回答说是“格物致知”的意思。我当然会接着问“格物致知”又是什么意思。母亲敷衍说我“将来肯定会知道”。在那之后不久，我的确就知道了那名字的意思和出处。这马上就给我带来了新的疑问：为什么取名字的人不仅不趁着正在轰轰烈烈展开的政治运动来“批孔”，反而还开历史的倒车，利用新的生命摆出“尊孔”的架势？对这个永远也无法获得标准答案的问题，我们当然可以给出各种各样的答案。生活中类似这种拒绝与时俱进的事例往往匪夷所思，也常常发人深省。子曰：“逝者如斯夫，不舍昼夜！”将近半个世纪过去了，我很想知道那个被命名人寄予厚望的男婴是否果然经历了与“格”相合、与“知”相配的人生。

如果后推若干年，这种政治不正确的名字有可能会给取名字的人招来横祸。“拖配”就有一个著名的例子：一位技术员因为给自己第一个孩子取的名字而被打成“现行反革命”并被强制劳动改造三年。我看见他的时候，他已经作为刑满释放人员回到了工厂。他的妻子是二十一中的化学老师，也就是我母亲的同事，而那个被父亲寄予厚望的孩子后来也是我在二十一中就读阶段的同学。这些特殊的交叉让我经常去思考这位丈夫和父亲因为给自己儿子取的名字而经历的不幸和荒诞。我相信，他当初肯定是满怀着“解放全人类”的青春激情才给自己的孩子取名叫“泽西”。而来到“文革”的高潮，眼睛雪亮的革命群众终于通过这个名字锁定了“臭老九”试图抹黑“红太阳”的狼子野心。

我们那个单元一层楼梯口西侧一居室住的是一对奇怪的老夫妻。我不太清楚他们与工厂有什么关系。逻辑的推理是：那个长年躺在靠椅上的男人曾经是工厂的职工。他不仅已经完全丧失生活能力，也已经完全丧失语言能力，只能靠长长短短的哼哼唧唧来表达需求和哀乐。我们的出入都要从他们家门口经过，也就是都要经受从他们房间里飘出来的气味，那种夹杂着汗味、尿味、屎味和菜味的气味。有时候，那位被大家称为“崔娭毑”的女人会将瘫痪的丈夫弄到户外来晒太阳。从他的身边经过，我意识到他们家的那种气味其实都是来自他的身上。而崔娭毑本人显然对那种气味毫不在意。她有时候会咒骂她丈夫几句，叫他不要哼哼唧唧。但是绝大多数时候，尤其是喂食的时候，她对他非常耐心。我至今也不知道崔娭毑是如何将她个头显得很大的丈夫从房间里弄出来又弄进去的，因为他从不离开的那张靠椅并不是现在的那种轮椅。我至今也不知道为什么从来就没有家人（比如他们的孩子?）或者朋友来看望过他们。后来有一次听人说，崔娭毑的丈夫曾经是一个国民党的军官。也就是说，崔娭毑过去曾经是军官太太，曾经过着优裕的生活……那他们又是如何穿越神秘的历史变成我的邻居的呢?

当时发生的另一件事情也让我感觉有点神秘。

它说明我前一年选择住在哈尔滨的那位表舅做我的“第一联系人”似乎是吻合了天意。大约是在初夏的一天，我母亲突然接到我那位表舅的二姐将要来湖南探亲的消息。我的表舅是他们家最小的孩子，他的前面有三个姐姐。我外婆总是很得意他们张家的人都是双眼皮、大眼睛。而我的这位表姨更是有美女之名。我知道她曾经也是学校宣传队的队员，而且还是主要演员，在芭蕾舞里扮演过“白毛女”。她那时候刚刚中学毕业不久，好像是因为身体不好，躲过了“上山下乡”，因此才会有闲来自己的祖籍寻根（四个孩子的母亲也是宁乡人，父母双方的姊妹也大多生活在湖南各地。顺便插一句，我这位在哈尔滨锅炉厂当工程师的舅外公与美学家李泽厚是中学时代的挚友。因此，那个发誓长大要研究“零”却最终选择了“美”的聪颖少年早在民国时期就已经在我外婆他们家出名。印象中直到九十年代初，舅外公和他的孩子们与美学家还有许多来往）。

没有想到，表姨浪漫的寻根差点变成残酷的寻死。她刚到长沙就开始高烧，紧急送往市立三医院后被诊断染上的是“伤寒”，立即被隔离治疗。我那是第一次听到“隔离”这种说法，感觉非常可怕。而令我感觉更为可怕的是“伤寒”本身。我最早是在《钢铁是怎样炼成的》连环画里看到这个词的。而且从与它相关的画面里，我知道这种传染性极强的疾病可以轻而易举地夺去人的生命。我的表姨幸免于难。她出院的那天是母亲带着我一起去接的她。我以为她死而复生，见到我们一定会非常激动。没有想到，她的表情却相当平静（其实应该说是相当冷漠吧）。这令我十分吃惊。母亲将她接回“七栋”。她还需要在家里继续打针吃药几天才能够彻底治愈。第二天，邻居家的护士来给她打针的时候，只有我一个人在家。我一边做着作业，一边瞥着邻居给她注射。注射结束之后，邻居正准备站起身，表姨却突然抓住她的手，失声痛哭起来。她说她不想死在“外面”，而想死在“家里”。我马上就意识到她说的“外面”其实也包括她表姐的家里和她父母的家乡。她接着问我们的邻居，她还能不能回家（当然就是哈尔滨）。我们的邻居安慰她说只要再坚持治疗几天她就完全好了，就可以回家了。邻居护士的安慰让我的表姨哭得更加伤心……毫无疑问，在医院见到我们之后直到这爆发之前，表姨表面的平静其实就是她内心极不平静的标志。这大概可以说是“不在沉默中死亡，就在沉默中爆发”吧。

我的宣传队生活在这个学期发生了本质的变化。这首先当然是因为五年级的队员处在承前启后的关键位置，需要发挥“顶天立地”的台柱作用。而更重要的是，“艺术总监”夏老师刚刚完成了宣传队下一个品牌节目的音乐部分。这台倾注他巨大精力和罕见天赋的作品长达近三十分钟，穿插着各主要少数民族的音乐舞蹈，旋律优美，气氛热烈。第一次看到夏老师刚写成的那一大叠乐谱，我的那种激动和崇拜简直无法形容，也至今令我难忘。他为什么最后在改革开放的中国成为一名中医，而不是另一个谭盾？这无疑是与我那种激动和崇拜相抵牾的问题。难道这也叫“生不逢时”？为了排演这台品牌节目，宣传队首先是进行了结构性的调整。因此，我从一个滥竽充数的合唱队员变成了一个“举足轻重”的舞蹈演员。注意我加在后一个成语上的引号！我借用（或者误用）这个成语不是要说我的角色非常重要，而是要说“举足”真是我那一段舞蹈里的关键动作。在节目里，每一个不同民族的舞蹈都由两位队员出演。我与另一位男生被选中代表蒙古族。在我们那一段持续大约两分钟的舞蹈里，“足蹈”明显多于“手舞”。出场的动作就是例证：我们的双手模仿的是骑手平行拉动缰绳的架势，而我们的双足则是模仿骏马上下奔腾的英姿。庆幸的是，搭档的特大眼睛并没有妨碍我与他并驾齐驱。写到这里，我才突然意识到那其实是一段马身人面的出场，颇为神奇，颇有创意。而在进行结构性调整的同时，宣传队也进行了制度化的改革：我们被要求每天早上六点之前赶到学校去练功。因此在小学阶段最后两个半学期里，我每天都差不多是早上五点钟就起床，匆匆洗漱之后，将简单的早餐装进那只我母亲现在用作肥皂盒的小铝合金餐盒，轻声出门下楼，横过工厂厂区，翻越仍然紧闭的工厂正门，穿过雨花亭的十字路口，沿着韶山路的东侧，还经常是“披星戴月”，朝学校方向走去……对一个将来要成为作家的少年，这日复一日的诗意真是值得永远感恩的“天赐”。

从这个学期开始，宣传队开始对我的成长发挥另一种重要作用。我意识到自己不能再与班上那些调皮同学“鬼混”了，或者说我意识到了自己需要推心置腹的友谊和心心相印的伙伴。在小学的最后阶段，这种友谊和伙伴就来自宣传队。首先来到我身边的是一位六年级的队员，当时宣传队里的“一哥”。他叫“胡可”，就住在我上学的路上需要经过的长沙第三机床厂（简称“三机厂”）内。有意思的是，宣传队里还有三位主要女队员（包括一对姐妹）也住在他家的同一栋楼里。“三机厂”是一家规模大约只有“拖配”三分之一大小的工厂（好像是湖南机械工业学校的实习工厂）。胡可的父亲好像是工厂的技术员。我经常去他家玩，他也经常来我家玩，我们有说不完的话，我们有谈不完的心……那个年代，一张在照相馆拍下的合影是牢固友谊的物证。我们在他毕业之后的那个夏天就去黄土岭的照相馆拍下了我们的物证。它至今还保留在我的影集里。那个夏天我们在一起玩得真是非常开心。推心置腹和心心相印让我希望我们将会是永不分离的朋友，也让我相信我们将会是永不分离的朋友。不过，新学期开始（也就是他进入中学）之后，我们的牢固友谊就突然中断了。我有时候很希望能够在韶山路上遇见他，却从来没有遇见过。也不知道为什么，我居然从来没有想过再去他家找他，他也没有再来我家找过我。这大概正好就印证了关于“筵席”的那句令人无可奈何的名言吧。

这个学期的“通知书”现在读来让我感觉班主

任老师有点敷衍，因为学习成绩一栏里只有期末成绩一行填有数据，平时成绩和期中成绩都是留白。不过与上学期的“通知书”相比，期末成绩这一行里除了“作文”一项空缺之外，其余五门副科还是都有成绩。这五门副科分别是政治、科学常识、体育、音乐和图画。我特别注意到体育是五科里面成绩最差的，只有 62 分。这提醒我重新查看了一下上学期的这五门副科成绩，果然还是体育最差，是 70 分。这完全证实了我之前关于自己体育成绩一直不好的说法。另外，在查看这些副科成绩的过程中，我还注意到，在上学期之前，通知书里体育课的名称都是“军体”，而音乐和图画课都不存在，只有一门或许是综合了两者的“革命文艺”。这些信息都是时代精神的反映，所以特别写出来与读者分享。

这个学期两门主课的期末成绩仍然令我相当困惑：语文 75 分，算术 89 分。怎么我的考试成绩会连续三个学期“爆冷”？这样的成绩如果拿到现在肯定会让老师不满，让学生忧郁，让家长崩溃，可是我为什么对成绩本身以及对它们引起的反应都毫无记忆?！姑且就还是沿用之前给出过的解释吧。有意思的是，“出勤记录”也进一步强化了我的困惑。与上学期相比，它既有大进步又有大退步。大进步是“迟到”次数降低到了7次，也已经消除“事假”。而大退步是出现了以前从来没有过的“旷课”，而且居然有6次之多！那么，我在上课时间去了哪里？去做了什么？如此的劣迹与我考试成绩的“爆冷”是否有必然的联系？而如此的“奖惩记录”继续强化我的困惑：“本期被评为‘能刻苦学习’积极分子。”这又是怎么评出来的？在整个学生时代，我一直都被认为是那种即使不刻苦学习也能够保持成绩优良的学生。现在既然已经被评为“能刻苦学习”的积极分子，怎么还会考出如此荒唐的成绩呢？

“学期评语”也让我感觉到老师的敷衍，因为通常指明缺点的第二段只有简单的一句，也没有指明缺点，而只是提出了希望："希以后要加强纪律性，做遵守纪律的模范。"这当然说明不遵守纪律就是我的缺点。我不禁莞尔一笑，因为如果统计一下类似的说法在我学生时代鉴定里出现的频率，"不遵守纪律"与其说是我能够医治的毛病，还不如说是我无法救药的本性。而事实上，许多人都知道，作为一名虔诚的写作者，我在衣食住行等诸多方面的自律都已经达到苦行僧的程度。"严格遵守纪律"既是我的个人修养，也是我能够在坎坷的文学道路上行走到今天的必要条件。由此可见，对一个人下结论是多么容易又多么困难啊。尤其是对一个年逾花甲却还在继续"成长"的人来说，下结论当然就会更加困难，而那些下过的结论也往往就会显得过于敷衍、过于草率。

而鉴定的优点部分是这样写的："认真投入反腐蚀斗争，积极揭发检举。劳动态度好。每次大扫除都能争取参加。爱好文艺。特别喜欢读课外书籍。学习上善于开动脑筋。课堂上能争取回答问题。有一定的工作能力。团结同学。经常给同学讲革命故事。”这里面也大多是套话，包括很少在鉴定里出现的最后那一句，因为它已经在我上学期的鉴定里出现。不过，这其中还是有两点引起了我很大的好奇。一是第一句，因为我完全不记得当时还发生过一场名为“反腐蚀斗争”的政治运动，更不记得我这个从来就既反感打小报告也反感做大批判的人居然还曾经有过检举揭发的“积极”。更何况，那是许多中国家庭连温饱都刚够维持的年代，即使以现在“大作家”的想象力，我都无法想象日常生活中还有什么“腐蚀”值得检举揭发。难道我检举揭发了我母亲偶尔买回来的“糖醋排骨”?！而更令我感兴趣的是老师在“喜欢读课外书籍”这一句前面加上的“特别”二字。这应该是她的有感而发和由衷称赞。它反映出的当然是我的那种喜欢在当时已经达到的程度。而要能够达到“特别”的程度，必须确保课外书籍的充足来源。这是稍后将要进一步谈及的。下面还是先回到父子关系。

这是我与父亲关系最为融洽的时期，也是我真正开始“认识”父亲的时期。我父亲的性格相当复杂，其中包括大大小小的各种矛盾。我当时已经注意到的一大矛盾是他既爱虚荣又好实干，而且这一“爱”一“好”都超出了正常值的范围。这种超出当然给我的“认识”带来了很大的便利。前者的例证是他喜欢在报纸上发表文章。这与我后来从事文学创作并没有太多的联系，因为他发表的并不是文学作品。不过父亲与报社的这种联系的确给我带来过两种欣喜：在文章发表前，他会收到报社寄来的清样。看到那种通常有许多修改标记的清样，我会感到耕种的欣喜；而在文章发表后，他会收到报社寄来的酬劳。那时候，稿酬已经被“大革命”废黜，报社的酬劳通过“赠书”的方式发放，通常是鲁迅的作品，扉页上盖有比如“湖南日报社赠”的纪念章。这些酬劳当然都成了我的收藏。每次翻读它们，我都会感到收获的欣喜。而父亲的好实干集中表现在他经常下车间参加劳动这一点上。那时候，“下车间参加劳动”是考察领导干部政绩的重要一项。各位领导下车间参加劳动的时间会定期在布告墙上公布出来。父亲总是名列榜首。而我更清楚的是，父亲不仅参加劳动的时间遥遥领先，劳动的质量也是货真价实。其他领导的所谓“劳动”通常只是在车间里转一圈或者在车间主任的办公室坐一阵，而我父亲是真的在开车床和搬材料。我知道这一点是因为他经常会带我一起下车间参加劳动。换句话说，我不仅是他最近的证人，还是他最亲的“同案”。父亲经常喜欢在同事和朋友们面前吹嘘自己的儿子，说我如何如何聪明，如何如何好学，如何如何懂事……毫无疑问，我在他的虚荣中占据着重要的位置。这是令我极为反感的位置。我有时候甚至会当着他同事和朋友们的面给他猛浇一瓢凉水，令他下不了台。而我一直以自己能够在父亲的实干中扮演那个双重的角色而自豪。半个世纪过去了，我至今仍然能够清楚地看到那个跟在父亲身边走进长沙拖拉机配件厂加工车间的儿子……那个穿着工作服、戴着袖套、有时候还像父亲一样将用来擦汗的毛巾搭在肩上的儿子……那个对父亲充满感激的儿子。

除了下车间参加劳动，父亲还带我参与过他的许多公务活动。给我留下最深印象的是1975年的招工。在恢复高考之前，被招进大中型国营工厂当工人是留城青年和盼望回城的知识青年最理想的出路。“拖配”在1975年从市劳动局获得大批招工名额，这给“社牛”的父亲提供了一个大显身手的机会。在差不多一个月的时间里，他每天带着工厂个子比他还高的劳资科长（他姓胡，大家都叫他“胡长子”）和一大叠卷宗在长沙市各个政府部门之间穿梭。对通过各种渠道找上门来的关系，他自然是尽力帮忙，而对更多那些毫无关系的案例，他也总是极力要成人之美。他乐此不疲的时候经常也会带着我。看着父亲在那些死板的政府工作人员面前花言巧语、苦口婆心，为年轻人能够顺利就业扫除障碍（尤其是政审方面的阻碍），我觉得非常开心。

有好几次，当我的小眼睛被表格上的小照片吸引住之后，我会忍不住为他支招。“招了他吧！”或者“招了她吧！”，我着急地指着照片说，显然已经忘记两年前在棋盘边给他支招而招来的横祸。而此时的父亲正春风得意，他对我只是不予理睬，没有过激反应。后来每次在厂区里遇见那些天真烂漫的年轻工人迎面走来，我总是会急匆匆地去搜索记忆中的那些小照片。借用当年判决布告里最令我感觉恐惧的表述，这也可以叫是“验明正身”吧。是的，我总是想知道父亲是否已经“中招”，或者不如说我总是想知道儿子是否已经“中标”！

五年级下学期（1975年秋季学期）

在“拖配”生活的最初那些年里，每年的7月16日都像是盛大的节日。它即将到来之际，我对它就会有很多的想象。它已经过去之后，我对它会有更多的想象。事实上，这一天不仅对我像是盛大的节日，对我父亲也像，对职工里面那近百名游泳爱好者也像。事实上，它不是“像”，而就是“是”，因为那一天，这些游泳爱好者会被工厂的大卡车拉到湘江边上，然后汇入全市民众纪念伟大领袖畅游长江的盛典。“才饮长沙水，又食武昌鱼。”如此的鱼水亲情让在长沙纪念那“胜似闲庭信步”的壮举具有特别的意义，因而每年参加横渡湘江的队伍据说是浩浩荡荡，无边无际。不过，在父亲到来之前，“拖配”的游泳爱好者并没有出现在横渡的队伍之中，因为那是“人命关天”的活动，没有某一位工厂领导本人的热心和参与不可能成行，更不要说成功。就像下车间参加劳动一样，在我的心目中，带领职工横渡湘江也是父亲在“拖配”工作期间的主要政绩。遗憾的是，我没有机会目睹横渡的盛况。父亲不可能带我去，因为他那近百名职工的生命安全是他的首要责任。不过，他每年都会带我去体验他们在“红星水库”进行的“彩排”。“红星水库”位于沿韶山路南行大约四公里处的井湾子，在小学生的小眼睛里，它的体量堪称巨大（它就是题为《游泳》的微型小说里的那座水库的原型）。在水泥堤坝上准备就绪之后，父亲会简单地交代几句注意事项，然后率先冲进水库。坐在堤坝的台阶上看着父亲与大家有说有笑地游向彼岸，我一方面能够清楚地感觉到他作为领队和中心的存在，另一方面又能够清楚地感觉到每一个参与者都处在极为放松和完全平等的状态。我相信那些直接“身受”的职工们也都会与我“感同”。我不知道是父亲身上的一种什么特质让我产生了这种感觉。但是我知道那是我自己缺乏的特质。因此，看着父亲与大家有说有笑地游回此岸的时候，我的心里会同时纠结着升起一阵深深的敬意和一阵深深的羞愧。就是在那个年代，我将横渡湘江也确定为自己的一个人生目标。而好像是2014年的冬天吧，在回长沙的时候，我曾随一位热爱冬泳的朋友在湘江下水。我本来想的就只是试水，也算是为将来的横渡做第一次热身吧。结果还没有游几下，我的身体就已经被漂浮过来的各种垃圾围住。我的热身变成了突围。匆匆上岸之后，我忍不住在寒风中回望对用户不再友好的故乡河流。我知道尽管自己已经具备横渡的实力，却也已经完全丧失了第二次进入同一条河流的勇气。就让半个世纪前定下的那人生目标随风飘去吧！

在那个时候，我之所以能够“特别喜欢读课外书籍”是因为我已经拥有三个获得课外书籍的特别渠道。先说那个正常的渠道吧：在搬到“七栋”不久之后的一天，我母亲将我带到二十一中的图书室，介绍给在那里负责的胡老师。胡老师原来是学校的语文老师，因为身体不好（好像是心脏方面的问题），不适合上讲台，就被安排负责学校的图书室。图书室设在一座可以从一端的中间进去、两侧大多是教师宿舍的平房的尽头。它占有两个房间。外间是胡老师的办公室兼报刊阅览室，里间就相当于“书库”吧。普通读者当然是不能进入书库的，而我在第一天就“志愿地”将自己变成了一名特殊的读者。我告诉胡老师，将来我可以定期来图书室为她整理报刊和书籍。她当然很高兴拥有一个小帮手，而我也很高兴自己因此而获得可以随心所欲地进入书库和不受限制地借阅的大实惠。其实那个普通中学图书室的藏书少得可怜，不过作为一个小学生进入学海的口岸，它的规模也算得上“可观”

了。我最早就是在那间长年散发出浓重霉味的书库里看到了李约瑟的《中国科学技术史》《牛顿自然哲学著作选》以及那本比《新华字典》还厚的《巴黎公社史》(它成为我啃读的第一部大部头学术著作)等书的。而最令我眼花和手痒的是那整整齐齐的一套《摘译》杂志。这份主要刊登译自苏联和其他修正主义国家以及西方资本主义国家文学作品的杂志好像是1973年开始内部发行的（它大概就是我在八十年代初每期必读的《外国文艺》的前身）。杂志名字里的那个“摘”当然是比后面的“译”更为关键的字，它说明杂志刊登的作品通常都不完整。但是在“十年浩劫”的中国，当以“封资修”为代表的“一切牛鬼蛇神”必须被“横扫”进历史垃圾堆的时候，当文化已经变成沙漠的时候，这按部就班地进入读者视野的“不完整”不仅是不可思议的奇葩，也是难以置信的孤芳。我一直不太清楚《摘译》杂志为什么能够在“十年浩劫”的中国出现，而且还不是昙花一现，或许它有某种特殊的政治目的吧。小眼睛的小学生能够顺便也享受到这种特殊的“服务”真是莫大的幸运。《摘译》是胡老师唯一“限制”我借阅的库藏。因此它所在的那个角落就成为我每次进入书库都重点光顾的热点……胡老师的丈夫也是二十一中的语文老师，后来还曾经为我姐姐补习古文。而胡老师的儿子也曾经在二十一中代课（历史课），他绘声绘色地再现的太平天国给我留下了深刻的印象。后来他居然正式入职周南中学，在那里负责编辑校友会的刊物。这些也许可以算是从我的第一段“义工”生活里引申出来的一些花絮吧。

另外那两个非正常的渠道对我有更大的诱惑力，因为我从那里获得的是幸免于“大革命”烈焰的“毒草”。其中较新和较短的渠道是差点被“伤寒”夺去生命的表姨为我打开的。她痊愈之后去她另一位亲戚家住过一段时间。好像是我送她去的，后来我又去那里与她话别。那家姓“黄”的亲戚住在湖南开关厂的家属区，位于“拖配”西南方向三公里处的新开铺。表姨的那位亲戚家有两个儿子。老二好像是在一个什么地方当厨师，与我交谈不多。而老大是开关厂的工人。他不仅长得十分英俊，还很有思想和充满热情。有意思的是，他碰巧还与周伯伯的二儿子（他正好也姓“黄”）相识，对周伯伯本人也非常敬仰，称她是语文教育领域的“权威”。总之，这个似乎是意外进入我生活的年轻人又再一次激起了我对青春的好奇和崇拜。而我第一次去他们家就发现了他那两只装满旧书的纸箱。因此，我们的交谈大多围绕书籍展开。在随后的一年里，我每过一段时间就会去他那里还书、借书和谈书。在他的藏书里，我记忆最深的是那本前后都已经被翻烂的《镀金时代》以及一本基本保存完好的《红岩》。

事实上，与那个渠道联系最深的记忆并不是书籍，而是一场惊险，或者也可以说是一场有惊无险吧。它涉及我姐姐。那时候，我们经常会一起去开关厂，而且通常是抄近路徒步去。那是一种离奇的经验，因为湖南省精神病院是我们的必经之路。从病房前经过的时候，看着被铁栏杆封住的窗口，小眼睛会感觉极为震惊；听着从窗口里传出的怪叫，小学生会感觉非常恐怖。不过有一次，我姐姐决定骑车带我走大路去。我那时候其实也已经背着父母在厂区僻静的角落里学会了骑车，但是我也还不敢骑出厂区僻静的角落。而我刚学会骑车的姐姐不仅敢上路，还居然敢带我上路。平路其实没有什么问题。问题是经过黄土岭之后，我们将会遇到一个又长又陡的坡（就是恶性交通事故频发的“赤岭”）。而我们那天遇到的情况就远比一个单纯的陡坡要复杂。首先是刚开始下坡，后面就有一辆卡车追了上来。姐姐的反应就像她的数学一样差，她不是往右边靠，而是往中间逃。而这时候，正好又有一辆卡车迎面开了过来。两车交会的一刹那，我们被夹在马路正中。我肯定我姐姐已经紧张到了极点，因为在清楚地感到强大气流的同时，我还清楚地感到了车把的剧烈抖动……那是我自 1973 年夏天的游泳事件之后第二次与“死神”擦肩而过。

而接下来的那一次与“死神”擦肩而过已经是八年之后的事情。它同样涉及我姐姐，或者应该说它主要涉及我姐姐，我自己基本上只能算是一个见证人。更重要的是，它同样涉及我姐姐的“车技”。它发生在1984年4月28日下午将近5点的时候。当时我和来北京出差的姐姐骑车从北京大学（我陪她去那里拜会她雅礼时代的一位同学）南门出来。那已经是高峰期，校门口那一段已经极为拥堵。左转过到海淀路东侧之后，我迅速穿过瓶颈，骑在了前面。突然，我听到了身后传来的一声惨叫。那“惨”是我第一次听到，而那“叫”我却非常熟悉，所以马上就意识到发生了什么，也意识到那可能意味着什么。我立刻停下车，朝已经被人群围住的现场走去。我拨开人群之后才知道上帝再一次赦免了他的“罪人”：压在我姐姐身上的不是旁边那辆公共汽车的车身，而只是那部手扶拖拉机的车头，而且它压住的还只是她下半身的左侧……后来每次想起这一起真实发生的车祸，我总是会将姐姐从手扶拖拉机车轮下发出的那一声惨叫与八年前我在两辆大卡车交会的空隙间感到的那一阵抖动联系起来。我外婆在临终之前经常会发出人生的“如梦令”，而印刻在我灵魂深处的那一声惨叫和那一阵抖动也给我成年不久的意识戴上了虚无主义的紧箍咒。

七栋与五栋相邻，因此从1975年春季学期开始，周伯伯家就已经成为我课外书籍的第一来源。我记得最早从那里获得的是一本苏联作家的小说，叫《未开垦的处女地》，好像是写集体农庄生活的吧。而印象最深的是《约翰·克里斯朵夫》（只有第一卷）和《茶花女》。这两部作品将我对男女关系的认识提高了一大步：从之前那位同班同学（桑家老弟）的爆料里，我见识的是单纯的性，而从这些西方文学名著里，我体验的是复杂的情。

能够在那里品尝到形形色色的“毒草”并不是周伯伯家对我的唯一诱惑。另一种诱惑是我经常能够在那里遇见周伯伯的二儿子（我叫他“建哥”）。

他是不久前刚从下放地被招进工厂的，就在父亲经常带我去劳动的加工车间上班。他还是工厂篮球队的队员。每次看到教练安排他上场，我都会特别兴奋。那时候，长沙人称小伙子为“青年哥哥”。如果一个小学生声称自己有“青年哥哥”朋友，他遭受霸凌的机会就会大幅减少。一开始，我和建哥并没有很多深谈，不过我从一开始就将他当成是将为我两面插刀的“青年哥哥”。后来，我们成为无话不谈的朋友，就像小说《初恋》的叙述者和他仰视的那位“大哥哥”一样。我也经常会去他的单身宿舍，并在那里结识了更多的“青年哥哥”，对青春的好奇和崇拜也因此带上了工人阶级的气息。

另一种更为特别的诱惑是周伯伯家里总是有一桌“三缺一”的扑克牌局。有一段时间，我差不多每隔两天就会去那里，而且主要的目的不是去借书，而是去入局。当时长沙正流行着一种叫“5-10-K”的打法，大概相当于现在的“升级”。周伯伯总是与她丈夫打对，而与我打对的是周伯伯的母亲。

年逾古稀的老人家举止优雅、谈吐风趣，一言一行都让她对面的小学生清楚地意识到她出自大家庭和见过大世面。不过，出身和见识与牌局并无直接关系。我们一老一小，势单力薄，不借助作弊的确很难赢得升级。而我们的对手通常也是睁一只眼闭一只眼。因此，周伯伯家的牌局从来都不像是博弈，经常却像是闹剧。

而周伯伯家对我最大的诱惑是那里沉积着太多的历史。周伯伯的父亲早年就读于北京大学，在“五四”时期曾经与罗章龙等组建著名的湖南学生社团“辅仁学社”(简称“辅社”)。罗章龙在回忆录中写道，1919 年年底毛泽东率代表团赴京推动“驱张”运动，曾与部分辅仁学社的成员“过从甚密”，并于 1920 年 1 月 18 日在陶然亭公园慈悲庵门前留下珍贵合影。周伯伯的父亲就是那“过从甚密”和留下合影的湖南同乡之一。后来，他成为一位活跃的编辑和学者，也与新文化运动中的各路人马“过从甚密”，胡适、沈从文等人都曾经是他主编的杂志的作者。新中国成立后，他任教于重庆的一些大学，最后落脚于西南师范学院，与北大旧友吴宓同事。吴宓日记里留下过不少他们交往的记载，比如：1951 年 4 月 2 日他在周家“饮茅台酒半钟”以及男主人为他改诗的事。而在 1965 年 7 月 11 日的日记里又有女主人在家“治馔”款待客人的详细记载，还罗列出她做出的四种“冷碟”和三种“热菜”的具体名目，足见两家关系的密切和融洽。

可悲的是，与自己最显赫的湖南同乡在 1920 年 1 月 18 日的合影以及那位同乡在 1950 年 4 月 19 日给他写来的那封亲笔信都并不能为周伯伯的父亲提供足够的保护。在“浩劫”高潮中的一次批斗会上，一名愤怒的群众抡起手里的铁棍猛击他的头部，致使他当场毙命。他的悲惨结局是 1979 年年初周伯伯从重庆参加完为他父亲补办的追悼会回来之后才告诉我的。后来在长篇小说《“李尔王”与 1979》里面，我的主人公反复惊叹 1979 年的“不可思议”。而其实在听到周伯伯从重庆带回来的那些离奇故事的当时，我自己就已经发出了“不可思议”的惊叹。我完全没有想到自己在牌局上那么优雅又那么风趣的对家竟然经历过如此的苦难。看着她出席追悼会的那一组照片，我忍不住去猜想她“正”在想什么：也许她在想自己到底走了多久才从丈夫暴烈毙命的舞台走到丈夫平反昭雪的现场……也许她在想自己到底还要走多久才能够走到自己生命的尽头，或者换一种与我们的关系更为贴近的说法，也许她在想自己的手上到底还剩下多少有用的牌……当然，也许她头脑一片空白，什么都没有想。

更不可思议的是，周伯伯家的历史还会在现实中继续延伸。首先是1981年的一天我去看望她的时候，她拿出前一天的《参考消息》，让我看上面那条关于一位旅法中国女士准备参加法国总统竞选的消息。我告诉她，我已经看到过那条消息。因为我当时痴迷存在主义哲学，所以对它“发源地”的政治文化新闻都特别留意。没有想到，周伯伯接着告诉我说那位女士是她的发小，当年她的父亲曾经协助那位女士的父亲（他也是湖南人）在上海办报纸，不过新中国成立后两家各奔东西，也就失去了联系。我鼓励周伯伯马上给那位女士写信，我想信封上只要注明巴黎并写上那位女士的名字，她就应该能够收到。周伯伯的信寄出去没有多久就收到那位女士很长的回信。我大概是她收到回信的第二天就看到了那封信。成女士的字写得非常漂亮，信也写得相当感人。更有意思的是，她还随信附来了她与周伯伯儿童时代的一些照片。然后是九十年代末的一天，当时周伯伯也住在深圳，我去看望她的时候，她拿出一张深圳的报纸，上面的头版上居然有她丈夫民国时期与一位好友的合照。周伯伯的丈夫是我见过的最文雅也最低调的男人。他的照片怎么会登在报纸上呢？原来他的那位好友是当时非常红火的台湾地区政治家宋楚瑜的父亲。在民国后期，两人曾经在同一间办公室里共事。我相信是性格开放的周伯伯向报社爆了这颇有特色的料，结果引来了记者的采访。后来，宋楚瑜本人在回大陆的时候也特意来拜访过自己的这位“世叔”。

我母亲对我“特别”喜欢读课外书籍这一点的态度应该是相当矛盾的。一方面，她肯定很高兴我对阅读的兴趣和热情，因为她自己就是一个非常喜欢阅读的人。我外婆经常重复说起自己的长女三岁那年坐在家里的台阶上“读报”的童趣（这大概是她关于自己的长女最为得意的记忆）。而在年届九十的如今，阅读纸质书刊仍然是我母亲日常生活里的重要内容（当然最能吸引她的还是她自己儿子的作品）；另一方面，她肯定也很担心我会受到资产阶级思想的影响，特别是当看到我的手已经伸向那些繁体右起竖排的“毒草”的时候。不过，改革开放大潮的及时到来还是帮助我母亲成功地走出了这种矛盾。在我开始海量阅读的最初那一段时间里，她只有一次对我的阅读施行“家暴”：那一天我中午回家的时候发现自己没有带钥匙，就坐在楼梯上读起了已经在书包里藏了多日的那本《牛虻》，它当时仍然是大“毒草”。我读得那么专心，完全没有注意到我母亲已经走到了我的跟前。她一把将书从我手里夺走，并没有多说什么。直到一个月后，我提醒她早就应该将书还回到周伯伯家去了，她才将它从紧锁的抽屉里拿出来，让我立刻去还书。

这个学期通知书的“出勤记载”里只有7次迟到。与上学期相比当然算是大进步。而在“奖惩记载”里是“期终被评为‘三好’学生”，也应该是比之前那些奖励要进步了一档。这两者正好与“学期评语”里“在各方面都有进步”的说法相吻合。而“学期评语”优点部分的全文如下：“能认真学习革命理论，积极参加评《水浒》等活动，在各方面都有进步。学习自觉性强，能认真完成各科作业，爱看课外书籍。经常和同学讲革命故事。爱劳动，捡卵石，挑石灰渣等表现不怕累，不怕脏。团结同学。”这其中令我忍俊不禁的当然是已经连续在三个学期的通知书里出现的那一句套话。真的，不管班主任老师如何重复，我还是不可能回忆起与“讲革命故事”相关的任何细节。我想唯一可以据此得出的结论是：那个小眼睛的小学生原来还是一个假冒“革命”的大话痨。

而“学期评语”缺点部分的全文是：“希今后要发扬优点，在工作中要大胆些，敢于和不正之风斗，多开展批评与自我批评，争取更大的进步。”连续三个学期的“学期评语”里都有一些文字能够说明我担任了班干部，这里的“在工作中要大胆些”更是如此。在我的记忆中，从这个学期开始老师让我担任的是副班长。我还记得担任班长的那个大眼睛同学是电影制片厂的子弟。他的父亲好像是一名剪辑师，所以他经常会从家里带来一些废胶片。那自然也是一种比较特别的儿童经验。而“开展批评与自我批评”就仿佛是体育竞技，从来都是我的弱项。我现在还经常添油加醋地调侃自己“不喜欢批评别人，也不喜欢自我批评，更不喜欢被别人批评”。其实后两点应该说是“人之常情”（就像之前提到过的“当面一套背地一套”)，而在一个好像所有人都在利用高科技之便“实时”互相攻讦的时代，这前一点无疑也应该算是一种优点。

这份“通知书”里最令我吃惊的是成绩部分里出现的一个例外。主科和其他四门副科的成绩都没有例外：体育仍然是副科里成绩最差的，只有 70 分。而主科的成绩也还是令人困惑：比如语文的平时成绩是 71 分（尽管期中和期末分别为 92 分和 89 分)，算术的期末成绩是 72 分（尽管平时和期中分别为 90 分和 80 分)，这实在不太像是一个“三好”学生的成绩。连续几个学期都有如此的波动，我当然不会吃惊。令我吃惊的例外是在科目栏里居然有老师手写的“英语”两字（它的期中成绩是 90 分，期末成绩是 85 分)。因为图画课一栏里没有成绩，我猜想这临时开出的英语课应该就是占用了图画课的课时（也就是一周一次)。我非常吃惊！因为我完全没有在小学上过英语课的记忆，也完全不敢相信那个时候的长沙和那个时候的小学居然会开英语课。事实上，它的确只是一门短命的课，在下学期的“通知书”里就又不复存在了。为什么会有这样的一次例外？我现在能够想到的解释是，我一生中上过的第一次英语课是当时政治的风向标。具体地说，在1975年秋天的长沙，“右倾翻案风”已经刮进了小学的课堂。

六年级上学期（1976年春季学期）

对我的人生产生最深远影响的那一阵“右倾翻案风”无疑是杂志的复刊之风。我母亲是热情的报刊订阅者。可是从我们住在周南中学的那个时候起，她能够订阅和一直订阅的刊物只有《红旗》杂志。从这个意义上说，“长在红旗下”的确可以算是我成长的一个重要标志。关于这一点还不妨插入一个有趣的细节：1974年底，电影《闪闪的红星》红遍神州，扮演主人公潘冬子的大眼睛男孩也立刻变成当时的“天王巨星”。“人怕出名”，从来如此，社会上很快就流传起他在拍新片的时候从马上摔下丧命的谣言。因为我本来就对那个童星没有什么兴趣，关于他的谣言本应该对我没有什么触动。不过，我遇到的好几位传谣者都声称他们是在《红旗》杂志上看到的这个消息。这当然一方面说明《红旗》杂志在当时中国社会里的最高权威地位，而另一方面也说明传谣者根本就不知道什么是《红旗》杂志，也根本就没有读过《红旗》杂志。如此的声称本来就已经让谣言在我面前不攻自破，而我还是无法容忍传谣者对《红旗》杂志的无知（“是可忍，孰不可忍”！），会用先愤怒后骄傲的语气驳斥他们说：“这绝不可能！因为我从六岁就开始读《红旗》杂志。”

而在1975年底，突然传来了已经停刊将近十年的《人民文学》和《诗刊》杂志将在来年复刊的消息。我清楚地记得这一阵“狂风”给我们一家带来的狂喜。我当然要订阅这两种杂志，我父母亲当然也全力支持。我自己去“拖配”的传达室办理了订阅的手续。用当时作文的套话，我还应该在上面这句话里加入“怀着无比激动的心情”。随后的那一段时间，我同样是“怀着无比激动的心情”在等待着那两份杂志的到来。我怎么可能还会对期末考试上心呢?！我怎么可能还会对考试成绩在意呢?！两种杂志是在元旦过后一周同时到来的。我在放学回来的时候在传达室取到它们。那应该算是我与当代中国文学相遇的第一时间吧。接着，我“怀着无比激动的心情”朝家属区走去。一路上，我想了很多很多……但是我怎么也不可能想到整整二十年之后，我将会收到一封来自《人民文学》编辑部的约稿信。

带着儿子去看大世界满足了我父亲的虚荣心，跟着父亲去看大世界满足了我自己的求知欲。没有想到，这双向的满足会遭到“特权”的挑战。我喜欢的是坐在父亲的自行车后面去看大世界。而且那时候我自己也已经会骑车了，我盼望着我们可以一起骑着车去看大世界。可是，从负责招工的那个时候开始，父亲的外出就越来越多地依赖工厂新购进的那辆北京吉普了。我对“特权”有一种奇怪又复杂的态度，我很少去质疑或者挑战别人的特权，却总是会警惕甚至憎恶自己的特权（与当时的家长和老师经常对孩子的批评相反，这也许可以说是“自由主义对别人，马列主义对自己”）。就以现在这个案例来说吧，我并不觉得我父亲坐公车出去办公事有什么不妥，但是每次跟父亲一起坐在那辆北京吉普上，我就会感觉很不自在。尤其是当它在上下班的人流里缓缓前行的时候，我的内心深处更是会产生一种难以忍受的负疚感……因此跟着父亲去看大世界的满足感就大打折扣，因此跟着父亲去看大世界的次数也急剧下降。

与由“车”引起的负疚感相比，同样与“特权”相关却是由“人”引起的那种负疚感更是让我无地自容。这要从全厂工作条件最艰苦的“翻砂车间”说起。那里有一位全厂著名的工人：他枯瘦如柴、满头白发，说话语无伦次还结结巴巴。他是因为“穷”和“蠢”而著名。他姓杜，全厂的人当面都叫他“杜宝”，背地里当然就不必再另外一套了。在长沙话里，“宝”就是傻的意思，因此对他一致的称呼“翻译”到普通话里就可以是“傻杜”（我在小说《故乡》里就使用了这种翻译）。他的“蠢”是因为别人叫他做什么他就做什么，而他之所以“穷”是因为不管想做什么，他都没有可能做成。他当时最想做的是将他妻子的农村户口转为城市户口（就是所谓的“农转非”），这样他三个孩子的户口也就会自动“城市化”，他就不再需要靠定期的献血来养活一家了。这当然完全是非分之想。他求过很多的人，当然没有任何人会像他自己那样当真。而我父亲比他自己还当真。他坚持将近两年的时间，动用众多的私人关系，终于让这位被全厂的职工和家属都当成笑料甚至玩物的工人实现了非分之想（当时工厂的休息日与所谓“社会星期天”错开。我母亲还记得她有一次在工厂的休息日与我父亲一起进城购物，路过公安局的时候，他央求她在门口等他一下，因为他想进去询问一下为杜师傅家人办理的“农转非”的进展)。从此，这位比我年长三十岁的工人叔叔见到我就左一声“叔叔”右一声“叔叔”。与之相应，见到与他年龄相当的我母亲就左一个“娭毑”右一个“娭毑”。我知道这是他表达感激的方式，但是他这由衷的感激令我无地自容。因为父亲为这非分之想奔波的时候经常会带着我，所以我对它的难度和进度一直都有清楚的概念，所以我对最后的“实现”也充满了喜悦。没有想到，这位被大家调侃为已经“翻身得解放”的师傅竟用由衷的感激令我无地自容！

四十年后的一天，我曾经去已经不复存在的“拖配”探访。我很欣喜地发现当年的篮球场作为由厂区改建成的“金地社区”里的篮球场仍然保持完好。它的旁边还新辟出了一块有不少设备的健身场地。正好有一位老人在那里做运动。我走过去与他交谈。他居然是从“拖配”下岗的老职工！谈了一阵工厂的历史之后，我向他打听“杜宝”是什么时候离开人世的(因为我相信他早已经离开人世)。

他的反应令我大吃一惊。他说“杜宝”活得“比谁都好”。他看了一下手表，接着说“杜宝”应该马上就会从“这里”经过。然后，他指着大概就在原来翻砂车间的位置盖起的那两幢高层住宅说他的三个儿子都发了财，在那里买了房子，“杜宝”每天这个时候都会从这里经过，去看自己的孙子。果然没过多久，一个身体富态的老人朝这边走过来。远远就可以看到，他的行走是那种鞋底擦着地面的经典的老人方式。我身边的老“拖配”先是用我非常熟悉的当年那种逗乐的语气大叫了一声“杜宝”，然后大声叫他赶快过来，因为有“远道来的客人”在等他。富态的老人慢吞吞地走到我们面前，责备他的同事又在骗他。而他的同事指着我说他这次真没有骗他。完全无法与自己记忆中的“杜宝”对号的“杜宝”冷冷地看着我，问我是谁。我说出我父亲的名字，问他是否还记得他。没有想到，他竟毫无表情。我接着说我是他的儿子。他同样毫无表情。稍稍迟疑之后，他瞥了他的老同事一眼，那感觉就好像是在对他说："你还是骗了我。"然后，他慢慢向左转身，还是擦着地面继续被打断的行走。我目送他走下与我所处的位置平行的台阶。在下到只有胸部以上部分还留在我视线中的时候，他突然停住了脚步。接着，他向右微微侧身，用显然已经湿润的眼睛看着我。我看到他的嘴唇也开始微微颤动。他先重复了一遍我父亲的名字，接着说："他真是一个好人！"说完，他继续走下台阶，走出了我的视线……四十年之后，我终于听到这不会令我感觉无地自容的感激。我的眼前突然变得一片模糊。

1976年春节前夕，我与这位面目全非的"杜宝"心中的"好人"又有一次非常特殊的同行。那也是儿子在童年时代与父亲的最后一次亲密又双赢的同行。

当时的政治气氛已经非常紧张，因为一场新的政治运动已经剑拔弩张。大概就是为了"统一思想"吧，各单位的领导被轮流集中到省委党校学习一个星期。轮到父亲的那一个星期，我的寒假已经开始，所以他决定带我与他同行。我相信这只是他临时做出的决定，结果它却对我未来的生活产生了不小的影响。那一个星期，父子两人不仅同吃同住(每天挤在同一张单人床上睡觉)，还可以算得上是同班同学。其实我并没有真正去过他们的“班”上共同学习。但是当父亲他们晚上去上课的时候，我会独自在宿舍里将当天《人民日报》头版头条的文章等一些他们第二天要学习的材料通读一遍，并且用红蓝铅笔将我认为重要和次重要的部分标记出来。父亲他们下课回来的时候，我通常已经睡着。不过，第二天一早起来，我一定会听到父亲那三位室友的夸奖，他们非常满意小学生为他们做好的预习。这当然又一次极大地满足了父亲的虚荣心。而父亲为我白天安排的活动也极大地满足了我的求知欲。他将我介绍给他一位在党校图书馆工作的朋友。因此，我第一次走进了一座图书馆。因此，我第一次看到了看不到头的书。这有生以来的第一次走进和看到可能会引起两种对立的反应：或者“我永远也不可能读完世界上的书”或者“我一定要努力读完世界上的书”。我现在再经受类似的刺激，肯定会做出明智的反应。而我当时的反应却是后面一种。这愚蠢的反应不仅让我的身心至今仍然深陷认知的迷宫，也让我的眼睛长期饱受文字的折磨。

记得刚上小学的那一个学期就曾经听到过是应该提倡“五好”“四好”还是“三好”的争论。那大概也可以算是“阶级斗争”在教育战线的一种反应吧。而小学阶段的最后这个学期又笼罩在山雨欲来的阴霾之中，这从通知书的“奖惩记载”里也可以清晰地看到：这一次我是“被评为‘优秀红小兵’”。也就是说，“三好学生”的提法又再一次被否定！或者说伴随着激烈的政治博弈，教育战线上的“红”又再一次将“专”压倒！而颇具讽刺意味的是，我在这个学期的表现却堪称“又红又专”。先看“专”的部分：语文没有平时和期中成绩，期末成绩是98分。算术的平时成绩是100分，期中成绩是 99 分，期末成绩是 90 分。这应该是准确反映我实际状况的成绩。不过，这一次的成绩栏又带来了一个新的疑点。正如我之前的推断，英语果然是昙花一现，它被“作文”(这两个字也为手写，可见也是临时开出的课）代替。这想来本应该是我的强项吧，而被全部保留的平时、期中和期末三项成绩居然全部“垃圾”(两个 70 分和一个 60 分)。好家伙，这难道不是有意要将一个未来的大作家永远钉在小学的耻辱柱上吗?

与父亲在省委党校同学一个星期对我政治觉悟的提高应该是大有帮助。这从“学期评语”的优点部分就可以看出。它全文如下:“认真学习无产阶级专政理论，积极投入‘批邓、反击右倾翻案风’的斗争，主动编写批邓的儿歌，写批判文章，关心国家大事，经常看报纸，阅读课外书籍，学工认真，遵守学校规章制度，学习也能努力，作业完成好。”对于一个刚满十二岁的孩子，这应该可以算是“红”到了极点。而班主任老师居然还嫌不够。

她用第二段提出了这样的要求："今后要更好地学习马列毛主席著作，加强斗争性，沿着毛主席的革命道路不断前进。"这样的要求现在也让我感觉困惑：对照前面那如火如荼的"认真"和"积极"，我的"斗争性"还能够再怎么加强呢？不过，我接着注意到通知书的"出勤记载"里尽管"迟到"已经下降到 1 次，却出现了 5 次病假。我不记得自己当时到底生了什么病。但是我想，或许就是身体上的不适一度削弱了我的"斗争性"吧。

优点部分第一个逗号前的那句话也令我想起一段轶事。那同样是涉及我姐姐的轶事，可以反映出当时的中学教育有多么的"政治"，或者不如说是有多么的"荒唐"吧。1976 年的春季学期是我姐姐初中毕业的学期，也是她在母亲任职的二十一中就读的最后一个学期。与我相反，我姐姐在学校的表现从来都相当平庸，与"红"和"专"都相去甚远。不过在班主任老师要上门来找她谈话之前，她倒是没有太出格行为。我不太记得她那一次到底做了什么错事，好像也只是“意识形态”方面的问题吧。总之，她那位复员军人出身又思想“左”得出名的班主任老师居然找上门来。那不能叫作“家访”，因为这位学生的家长就是他的同事，他完全可以在学校就“访”到她。我想他或许是为了充分展现自己的“斗争性”才执意“偏向虎山行”的。他的到来顿时让我们家聚拢起高度紧张的气氛。可是他刚一开口，刚刚聚拢的高度紧张气氛就又顿时化为乌有：我母亲捂着嘴退进了里屋，我姐姐捂着嘴盯住了地板，我捂着嘴了转向了墙壁……那位班主任老师开口说话的时候不仅口气极为严厉，右手还握紧着拳头。他说：“薛忆沙同学，无产阶级专政不是豆腐不是米汤！”

宣传队的品牌节目在1975年秋季学期刚一上演就获得很大的成功。这让宣传队的演出活动更加频繁。我们不仅在正规的剧院演出，还去厂矿、部队和其他学校，甚至还在“拖配”的礼堂演出过一场（不过那是我最失败的一场，因为我自始至终都非常紧张）。而我最喜欢的是去为部队的官兵演出，因为他们总是特别热情，总是能够让我们感觉到浓厚的“鱼水之情”。最突出的表现就每次演出之后，他们都会为我们提供一顿难忘的夜宵。现在，我像许多人一样患有“夜宵恐惧症”。而第一次在部队演出之后听到“夜宵”这个词，我就觉得它非常好听。紧接着吃到的，我也觉得非常好吃。后来的很多年里，每当想起那第一顿夜宵，我都会垂涎欲滴。

排练和演出的频繁也为我寻找新的伙伴和建立新的友谊提供了机会。我的新朋友是与我同年级的队友，名叫“袁真”。在品牌节目里，他表演的是藏族舞蹈，我们的友谊似乎就成了“蒙藏一家”的证明。他也是中医学院的子弟，不过他的父亲并不是专业课老师，而是公共课老师，是学院马列主义教研室的老师。他个子不高，表情严肃，也戴着白框眼睛，也常穿着黑呢制服，很像是我心目中的大知识分子。那时候，我对马列主义怀有浓厚兴趣和敬意，所以很希望有机会与他交谈。但是他对自己的儿子都只有严父的面孔，对儿子的朋友当然也不可能放下尊严。后来，我对这位父亲的“敬”也被“畏”代替，每次前往他们家的路上，总希望他不在家或者不会突然回家（这与我从前的希望正好相反）。1976 年秋天，我和好朋友一起进入二十一中学。也就是说，民族团结的曲终之后，“蒙藏”一家并没有人散，我们的友谊还在“两个凡是”的大背景下继续。不过初二的时候，好朋友就转到教学质量要高很多的长沙市第十五中学去了。转学之前他没有漏出任何风声，因此那可以说是不辞而别。我经常想念他，却再也没有机会在长沙的街道上遇见过他。不过，偶然还是会听到他的一些消息，大概都是成绩如何如何好的消息。这些消息最后累积为高考的喜讯。他考上了同济大学的建筑系。这喜讯对我有特别的触动是因为当年与我通信的表舅也在同一年考上同济大学（而我的另一位表舅，我外婆小妹妹的小儿子，也在恢复高考的那一年考进同济大学，很快又获得该校公派赴德留学的资格）。

接着我的叙述就要跳到十二年之后的深圳去了。九十年代初期，我们家从最开始居住的怡景花园搬到了文华花园。当时小区新一期的楼盘已经开工，而楼盘工程的监管处就设在我们家所在单元的底层。有一天下楼的时候，看到一个手里拿着施工头盔的管理人员从管理处走出来，我一眼就认出他就是我当年的“藏族弟兄”。不过我还是比较谨慎，不仅没有马上认亲，还继续观察了相当长的一段时间。这期间我们多次擦肩而过。在后面的那两三次，我会主动做出一些准备认亲的暗示，但是他并没有反应。我肯定自己没有认错（我不可能认错!），我也不相信他没有认出来（他不可能认不出来!）……最后机会终于到来。有一天从外面回来，我看到他独自坐在监管处，就贸然走进去，直接用长沙话叫出他的名字。他没有表现出惊喜，也没有表现出好奇。这种反应多少也在我的意料之中。我马上就想到了他态度冷淡和表情严肃的父亲。我没有被他的反应吓退，而是在他对面的椅子上坐下，与他尴尬地交谈了一阵，大约十分钟吧。问题都是我问的，我甚至问到了他的父亲和弟弟，而他给出的回答都极为简短，相当敷衍。两年浓密的友情，十五年完全的隔绝，十分钟尴尬的重逢……真没有想到，人际关系的节律竟可以如此紊乱！

一个“身在福中不知福”的孩子对钱的重要性缺乏认识，至少应该说是不足为怪，甚至可以说是理所当然。有意思的是，因为对书的激情或者说对购书的激情，小眼睛的小学生居然开始萌发最初的商业意识。其实在购书的问题上，父母亲对我的支持从来都是无条件的。但是我希望自己享有更大的自主权。《愚公移山》这时候从一个相反的方向给我启示：既然他可以一点一点将一座土山移走，我也可以一点一点将一座金山堆起。我首先盯上了储蓄罐。我每天都塞一点零花钱进去，过一段时间打开，总数居然足够再买一本《海霞》了。我接着盯上了储蓄所。在五年级下学期，我瞒着父母在黄土岭储蓄所开了一个零存整取的账户，那是我的第一个银行账户。我决定每个月存入一元钱，这样一年之后我就能够积攒起十二元的总数，那在当时可以算是一大笔钱。更让我心潮澎湃的是，到我整取的时候银行还会付给我一笔利息。钱居然可以生钱！这可不是骗人的魔术，这是叮当响的现实。我在小学五年级的时候因为囤积精神食粮的欲望而明白了这个重要的道理。这还只是节流的一面，要想致富还必须开源。于是，废品站成为我高小阶段生活里的一道风景。其实早在周南中学居住的时候，去位于北正街南口处的废品站卖废品就是我最喜欢做的家务。家里最主要的废品是过期的《人民日报》和《红旗》杂志以及再也挤不出牙膏的牙膏皮。当然在相应的季节还会有橘子皮、乌龟壳以及在树皮上或者树根边找到的知了壳（这些通常是直接卖到废品站对面的那家中药店）。而在“拖配”居住的这一段时间里，我的经营范围还会扩大到从堆放在车间门外的废铜烂铁里淘出来的零碎宝贝……我一直想写一部以废品站为主要场景的小说，我相信那个创作过程能够唤醒更多沉睡的儿童记忆。

就像对所有中国人一样，对我来说，1976年既是“诗”的年份又是“死”的年份。这两个押韵的特征在新年伊始就已经获得惊人的呈现：元旦清晨，从工厂的高音喇叭里传出了“还有吃的，土豆烧熟了，再加牛肉”的诗句；而七天之后的那个清晨，从工厂的高音喇叭里又传出了意想不到的哀乐，我们这一代中国人当时听到的最揪心的哀乐。接着在长安街上出现的“灵车队，万众心相随”的场面以及清明时节在人民英雄纪念碑下爆发的“扬眉剑出鞘”的愤怒也同样是我们这一代中国人永远不会忘记的诗句。接着是7月6日清晨从工厂的高音喇叭里传出的哀乐，接着是9月9日下午从工厂的高音喇叭里传出的哀乐……从小学的第一个学期开始，“老三篇”就对我的理智与情感产生巨大的影响。因此从工厂的高音喇叭里传出的哀乐总是会在我的心中激起“重于泰山”的伤感和美感。而在

7月28日凌晨3点42分（在短短二十三秒内）死去的那将近二十五万普通人呢？他们的集体死亡难道只能算是“轻如鸿毛”吗？

而对小眼睛的小学生来说，1976年的“诗”还以“批邓的儿歌”这种不可思议的方式出现。那应该是我的第一批创作。而我之所以产生那样的创作冲动显然是因为受到我苦苦等到的杂志上刊登的“约稿通知”的诱惑。我一遍一遍地读着那一页通知，里面的许多陌生的表达引起我极大的好奇，比如“三个月未获通知可自行处理”，比如“请在信封上注明‘邮资总付’字样”。大约就是在那一年的春夏之交，我将一个在右上角注明了“邮资总付”的信封塞进了雨花亭十字路口西南角处的邮筒。接下来的那三个月里，我每天都在幻想自己的名字出现在《人民文学》上的喜悦。这幻想在整整二十年之后终于变成叮当响的现实。

而对小眼睛的小学生来说，1976年的“死”也以一种不可思议的方式出现。那个学期，我在自己的班上也结交了三位朋友。其中最好的那位名叫“方毅”。他的母亲是“拖配”油泵油嘴车间的工人，不过他们家不住在“拖配”家属区，而是住在砂子塘的居民点（粮店西面的那一栋），那应该是他父亲单位的宿舍。他长着一对超大的眼睛，就是我们称为“牛眼睛”的那种。他非常聪明，尤其是算术非常突出。我们也曾经在毕业前夕去照相馆拍过一张合影，那不啻是友谊的见证。我们四个朋友原来说好在最后那一门考试结束的当天下午偷偷去红星水库游泳。没有想到考试结束之后，方毅告诉我们，下午他父亲会带他去湘江里游泳。他的改变让我们非常失望，却并没有改变我们的计划。那天傍晚回到家里的时候，我父亲和母亲都已经下班回家。他们当然不知道我去了哪里。他们也没有兴趣知道我去了哪里，因为他们急于要告诉我也许不应该急于告诉我的消息：我最好的朋友下午在他父亲的眼前被卷进了湘江的漩涡……

我的小学时代是从背诵“老三篇”的激情中开

始的，其中那些关于死亡和生命意义的名言对我随后的人生产生了难以估量的影响。而我的小学时代是在一个死亡的实例和特例里结束的，它引起的震撼同样对我随后的人生产生了难以估量的影响。漫长的夏天终于过去了……跟着那道永远都不可能缩短的阴影，小眼睛的小学生走进了马路对面那所中学的教室里，变成了那个小眼睛的中学生。

尾　声

小眼睛本来只是一种纯粹的生理特征，后来却被人类演化为心理障碍、美学尺度甚至政治标准。关于后者，我只是在小说和电影里遇见过。印象最深的是在根据杜拉斯小说《情人》改编的同名电影里：当法裔女主人公在码头送别哥哥的时候，站在邮轮上的哥哥最后对妹妹做出了一个形容“小眼睛”的手势。那带有白人优越感和种族歧视味的手势显然并不是对妹妹和她那位华裔阔少情人的祝福。而朝心理障碍和美学尺度这两个方向的演化，我倒是都曾经在日常生活里亲身经历。不过，它们对我外婆和我自己的影响其实都并没有我在以上这一段回忆里渲染的那么强烈。先说我外婆，在她漫长而平凡的人生里，儿辈和孙辈的毫无例外其实并没有让小眼睛成为她的“长恨”。她是一个随和、随缘又随意的人，连“山乡巨变”都能够淡然处之，连“改天换地”都能够自然适应，连“扫地出门”都能够坦然接受……她也是一个懂得感恩的人。我记得她经常从一个特定的身体部位感激自己出生的时点和家庭。在她出生的时候，“三寸金莲”已经不再是“必须”，却仍然是“应该”，而她父母的开明让她得以逃脱许多同龄中国妇女（我生活在黄河边的奶奶就是其中之一）仍然无法逃脱的痛苦和羞辱。这种幸运当然也为她日后能够“走南闯北”奠定了生理基础。与那种人为的痛苦和羞辱相比，纯天然的小眼睛又算什么呢？而小眼睛也从来就没有成为我自己的心理障碍和美学尺度。也许1974年暑假（十岁那年）里的那两个星期应该算是一个例外，因为我曾经试图借助愚公改变地貌的力量来改变自己的面貌。但是我很快就猛然醒悟，并且获得了彻底的解脱，因此那真是微不足道的例外。而早在痴迷“样板戏”的初期，我其实就知道自己不能出演英雄人物并不是出于表面上的先天不足而是出于能力上的先天不足，所以也并没有因此而留下心理上的创伤。更何况那时候，更合小男孩胃口也更抢小男孩眼球的其实是反面人物，谁不想跟着威虎山的匪徒一起高喊“老九不能走”?！谁不想随着鸠山来一句“你可不要敬酒不吃吃罚酒”?！

不过在长大成人之后，我的确还是不时地会被带进聚焦眼睛大小的各种特殊语境。其中的一次，我听到过关于小眼睛最精辟犀利的说法：“小眼睛即使闭上也能够看得出是小眼睛”。它来自我的一位朋友。这位心地善良的朋友能够当着小眼睛的面将它说出来，而且还是面带微笑地将它说出来，当然就足以说明这只是坦率的陈述，而不是刻毒的攻击。不过，如此的“坦率”也等于是对小眼睛判处“永世不得翻身”的极刑。而且它还有可能会引发一系列的连锁反应，比如割双眼皮的生意有可能会因为这判决而一落千丈，因为它完全可以被精确地翻译成：“也许你的眼皮可以割双，而你的眼睛却无法变大。”而我听到过的对大眼睛最莫名其妙的说法是：“大眼睛虚伪！”它来自我著名的小表兄。作为一名天才的艺术家，我小表兄对人体的任何美学判断当然都值得信任。不过他关于眼睛的这一“判断”却显然已经超越美学的范围，听上去（借用七十年代的时髦说法）就像是“阶级敌人的疯狂反扑”。

除了1974年暑假（十岁那年）里那两个星期的“自理”之外，我再也没有想过和试过去改变自己“先天不足”的生理特征。这特征没有妨碍我成人，没有妨碍我成家，也没有妨碍我成为当代文学中国文学里的所谓“名家”……一句话，它对我后天的人生没有丝毫的影响。当然，不管是作为常人，还是作为名家，总是会被一些人喜欢又被一些人讨厌。而我早就已经清楚地意识到如下的逻辑：

那些喜欢我的人绝不会因为我的眼睛小而不喜欢我，而那些讨厌我的人也绝不是因为我是小眼睛而讨厌我……人生的许多难题其实都可以简化为简单的逻辑问题。那么，小眼睛的人为什么还要去在意自己的小眼睛呢？

有意思的是，我也同样没有改变过自己的小学生心态。随着年龄的增长，我的学生身份当然在不断改变：从小学生变成中学生，又从中学生变成大学生，最后还从大学生变为硕士生和博士生。但是时至今日（精确地说是"年逾花甲"），我仍然觉得自己极为无知，我仍然觉得自己的前面还起伏着无数的疑惑和绵延着无边的学海……一句话，我仍然没有改变自己的小学生心态。一个简单的标志是现在我的书桌上仍然摆放着我小学时代的书包里每天都装着的《新华字典》。换句话说，现在我差不多每天都会翻看《新华字典》。而每次翻看《新华字典》，我都会羞愧难当、无地自容，因为对于这个小眼睛的大作家来说，这本小小的《新华字典》

里面的绝大多数汉字都仍然还是音义尽“默”的生字。

无法改变的生理特征和没有改变的心理状态被我焊接成这一段回忆的标题。我相信我外婆的在天之灵读到这个标题一定会莞尔一笑。我也相信继续跟进正文，我外婆的在天之灵也经常会忍俊不禁。这就是我最希望收获的读者反应。在书信的年代，我和外婆曾经有过许多的书信往来。她是我当年那众多信友里最年长的一位。她的幽默让我步入人生的过程变得有趣，我的调侃让她步出人生的过程不再无聊……我们的通信是两个出生年份相隔将近半个世纪的生命在人生道路上的互通“有无”。能够分享如此的精神财富是我平凡人生的又一份大“福”分。写到这里，我突然意识到自己这一段“小题大作”的回忆其实也就可以看作是我给外婆的在天之灵写下的一封公开信。借此机会，我要对所有碰巧读到这封公开信的读者表示深深的感谢！